眠れぬ夜のご褒美

標野凪
冬森灯
友井羊
八木沢里志
大沼紀子
近藤史恵

ポプラ文庫

眠れぬ夜のご褒美《ほうび》

目次

バター多め チーズ入り
ふわふわスクランブルエッグ

標野 凪

標野 凪（しめの・なぎ）

静岡県浜松市出身。２０１８年、第1回おいしい文学賞で最終候補となった作品を含む『終電前のちょいごはん　薬院文月のみかづきレシピ』にて、19年にデビュー。著書に、「終電前のちょいごはん」「喫茶ドードー」「伝言猫」の各シリーズのほか、『本のない、絵本屋クッタラ　おいしいスープ、置いてます。』『ネコシェフと海辺のお店』『桜の木が見守るキャフェ』などがある。東京都内にて小さなお店を切り盛りしている現役カフェ店主でもある。

鈍行列車しか停まらないのかと思ったけれど、急行も停車するようだ。

自動改札を抜けた陽茉莉《ひまり》は、夕方の乗降客が作る人波を避け、改札脇に進む。目線の高さのぐるりに広告を貼りめぐらせた太い丸柱があった。そっと背中を凭《もた》せ掛けた。

目を上げると、階段の踊り場の壁面に設置されたアナログ時計が五時二十五分を指しているのが見えた。時計を真ん中に、左右にずらりと電光掲示板が並ぶ。頭にホーム番号を冠した掲示板では、発着する先発と次発の列車の、行き先や発車時刻を伝えていた。緑色の電光で表示されたそれらの中で、何本かに一本、急行、の赤い文字だけが誇らしげに灯《とも》り、殊更《ことさら》に目立っていた。

ホームは一番から四番までの四線。一番線が各駅停車の下り、二番線が上り。三番線と四番線は急行列車の上りと下りになっている。踊り場を挟むように、自分が下りてきた階段と並行してもうひとつ階段があり、そっちが急行が停車する三、四番線ホームなのだな、と理解する。

掲示板によれば、この時間帯は、下りだけでもほぼ五分おきに急行かあるいは各停かのどちらかが到着するらしい。合間を縫って上り方面の列車も停まる。全く同じ時刻に複数の列車が着くこともあるようだ。

先着した列車の乗降客が駅から完全に捌《は》ける前に、後続列車の客が降りてくる。想像以上に人が多い。

階段を下りた彼らは、吸い込まれるように改札口に向かっていく。改札口はここひとつきりで、七台ある自動改札のいずれかを通ると、迷うことなく左右に散っていった。

ここなら見逃さないだろう。立っている位置からは、階段を下りる人の顔がよく見えた。陽茉莉は自らの場所取りのよさに安堵《あんど》しながらも、目を見開いて、改札口に集中した。乗降客の波が来るたびに、柱に凭せ掛けた背中をほんのわずかに浮かし、百六十センチの背丈を伸び上がらせた。今日履いているヒールの高さは確か五センチだ。合わせて百六十五センチ。背伸びをしたところで大きく変わることはない。それでもじっと立っているよりは意味がある気がした。

陽茉莉がこの駅に鈍行しか停まらないと勘違いしたのには、わけがある。のちになって知ったことだが、この路線は休日と平日では停車駅が変わるようだ。平日には停まる急行が休日には素通りする。休日にしかこの駅を利用したことのない陽茉莉は、平日のダイヤは知らず、しかもこんなにたくさんの客が利用することも想像していなかった。自分の暮らすコーポの部屋に帰るときも、迷いなく一、二番ホームに向かっていたのだから、立ち入りできないよう、休日は急行のホームは閉鎖しているのだろう。

利用者の多い駅のわりに構内はこぢんまりし、駅ナカと呼ぶにはあまりに貧相なコンビニや昔ながらのジューススタンド、どういった購入者を見込んでいるのかわかりかねるテイクアウトの焼き菓子の店が申し訳程度に並んでいた。

半屋外の構内は左右に出口が開け、改札から見て左が北口、右が南口とされていた。方角を示す看板にはそれぞれに地名と何丁目という住所が目安として明記されていて、北口の文字の下に書かれた見慣れた地名に、陽茉莉の心臓はドクンと鳴る。

陽茉莉は四大を出た新卒の二十二歳の春に、いまの会社に就職した。次の春で丸三年になる。建築材料を扱う会社で、取引きは卸を通すため、個人顧客や販売店との直接の付き合いはない。たまに工事中のマンション現場やホームセンターで自社の名前の入ったパッケージを目にし、驚かされることもある。在庫管理が陽茉莉の主な仕事で、月末の棚卸しの時期以外は、わりと淡々と日常が過ぎる。

上司の手伝いで資料づくりなどに駆り出されることもあるので、残業が全くない、とはいえないし、土日や祝日にも、場合によっては出勤することもある。それは会社の都合というよりも、社員の少ない日のほうが捗《はかど》るから、という理由で陽茉莉が率先して休日出勤しているまでのことだ。もちろん手当も出るから、むしろ好んで出ているところもある。

ほかの会社に勤めた経験がないのでどうなのかは知らないけれど、陽茉莉の会社では始業時と終業時、それに昼休みのはじめと終わりにチャイムが鳴る。キンコンカンコン、というおなじみのあのリズムで社内に鳴り響く。

午前九時始業、午後五時終業。昼休みは十二時からきっかり一時間だ。

キンコンカンコン。

チャイムが鳴ると、社員の皆が着席したり、ガタリと席を立ったりする。合図なのだからそれは当然なのだが、まるでチャイムに意思があり、それに支配されているかのようだ、とたまに恐ろしく感じることがある。

起立、礼、着席。そんなときは、小学校なら学級委員や当番がかけた号令を、陽茉莉は心の中で呟《つぶや》いたりして心を落ち着ける。礼、解散。そう自分に言って、帰り支度を始めたりする。

ベルさっさ。ベルが鳴ったらさっさと帰宅する。つまり残業せずに定時で帰りますよ、ということを社員間ではそう呼んでいる。実際にはベルではないのに、ベルと呼ぶ。チャイムさっさ、では語呂が悪いからだろうか。隠語というほど立派なものでもないけれど、社外の誰もが理解できはしないだろう。ベルさっさ。もっと略してベルさ、と言う人もいる。

ベルさなのであとよろしく、と同僚や部下に残りの仕事を頼んだり、誰それさんがベルさなんて珍しいじゃない、と軽口を叩《たた》くのに使うのが正しい用法だ。ベルさ。変な言い方ではあるけれど、そこはかとなく軽やかなのは、言葉通りさっさと帰社したのちに待つ楽しい時間までもを含んでいるからだろう。ちなみにベルさのイントネーションは平坦。つづき、とか、はなし、とかと同じ。決してひろし、とかひろば、じゃない。そんなことはどうでもいいけれど。

今日、陽茉莉はそのベルさをしたのだった。五時になる三十分前には仕事を終わらせ、二十分前にはお手洗いも済ませた。残りの時間はそわそわしているのがバレないよう、書類をとりあえず広げたりしていた。

キンコンカンコン。

ベル、いやチャイムが正しいのだけど、が鳴ると同時にカムフラージュの書類を閉じ、陽茉莉はおもむろに席を立った。手元に寄せておいたバッグを摑《つか》み、お疲れ様です、お先です、と言い残し、誰かに呼び止められないよう、そそくさと職場を出た。

あれ、今日ベルさなの？　とは誰からも聞かれなかった。聞かれても困る。帰社後に待っているのは他人が想像するようなわくわくする用事ではなく、交際相手の憲吾《けんご》を駅で待ち伏せすることなのだから。

我先にと、エレベーターホールで下向きの矢印を押す。連打したからといって到着が早まるわけでもないのに、二度続けてボタンを押した。乗り合わせる人はいなかった。陽茉莉が今日いちばん早いベルさっさの社員だった。

憲吾は小学校の同窓生だ。六年間のうちにクラスが一緒になったことがあったかどうかも曖昧《あいまい》だ。そういえばそんな名前の子がいた、お互いその程度の認識しかなかった。どちらも地味めな児童だったことは否めない。

卒業後、二回ほど同窓会が開催されたけれど、そこでも顔を合わせた記憶はない。同窓会はいずれも最終学年のクラス単位だったから、六年のときに同じクラスではなかったのかもしれないし、あるいは憲吾が不参加だったのかもしれない。とにかく会う機会はなかった。

再会したのは大学二年のとき。いまから五年ほど遡《さかのぼ》った秋口のことだ。

大学のクラスメイトが憲吾とバイト先が一緒だった。休憩時間の雑談で、出身地の話題になり、陽茉莉と同窓だったことが判明したのだとそのクラスメイトが興奮気味に教えてくれた。

彼女とは特に親しい間柄ではなかったけれど、学籍番号順に並ばされる必修科目の英語の授業で席が隣だった。必然的に会話実習の相手が彼女になった。互いの出身地や通っていた学校のことも、拙《つたな》い英会話で知った。

こんな偶然も珍しい、と、彼女が率先して飲み会を企画した。そのときはその場限りで終わった。それなりに楽しく、印象もよかったように記憶しているけれど、連絡先を交換し、社交辞令程度に数度メールをやりとりしたあとは、それ以上の関係に進展することはなかった。

憲吾から突然メールが来たのは、昨夏のことだった。スマホを買い換え、メールアドレスが変更になった、と通り一遍の文面が送られてきた。キャリアの変更や料金プランの見直しなどを理由に、これまで使っていたアドレスからフリーメールに移行する人が増えている。陽茉莉も料金がいまの半額くらいになる、という格安の通信会社にしようか、と調べはじめていた。

すっかり音沙汰《おとさた》のない相手からのこうした突発的な連絡もしばしば受け取るようになっていた。登録している連絡先に一斉に変更を報《しら》せる機能がそなわっているのか、たまにごく親しい相手からですら、素っ気ない文面が届き、あまりのつれなさにかえって何事かと不審に思うことすらあった。

だから四年近く前に一度会ったきりの相手からメールが届いたとしても、さして驚くでもなく、ああ、久しぶりだな、元気にしているんだろう程度の感想とともに、記されている新しいアドレスを登録する気もなく、メールを閉じようとした。

そのとき、あれ、と手が止まった。定型文のあとに、陽茉莉にわざわざ宛てたとおぼしきメッセージが書かれていたからだ。最近の地元の話題から当時飲み会を開催してくれたクラスメイトのことや彼本人の近況……。

丁寧な人なんだな、と感心した。もしかして連絡先の変更を報せる全ての相手にこうしてメッセージを付けているのだとしたら、かなりの労力だ。でもさすがにそこまではしないだろう。四年も前に交換した連絡先が残されているくらいだ。電話帳には何百件ものアドレスが記録されているはずだ。

そう考えていくうちに、彼は久しぶりに見た陽茉莉の名に、特別な想いを持ってくれたのではないか、と思えた。もともと好印象だった相手だ。当然悪い気はしなかった。

気になる女性にはみなこうして粉をかけて、引っかかった相手だけを釣り上げよう、そういう魂胆などを想像し出したらキリがない。同窓生、というだけで安心するのもどうかと思うのに、陽茉莉は返信の矢印ボタンを押した。

五時のチャイムに促されるままに職場を出、脇目もふらずに駅に向かった。談笑しながら前を歩く二人組のスーツ姿の女性を足早に追い抜く。ビジネス街のこの時刻特有の、浮き立つような空気が漂っていた。会社のビルから最寄り駅までは十分もかからない。ターミナル駅で乗り換え、各駅で七駅。五時二十二分にホームに降り立った。

電光掲示板に挟まれたアナログ時計の針はいま、六時四十五分をわずかに過ぎたあたりを指している。陽茉莉がこの場所に陣取ってからまもなく一時間半が経とうとしていた。

四年ぶりのメールのやりとりを機に、ふたりきりで会うようになり、やがて付き合いがはじまった。

けれども憲吾と陽茉莉は恋人と呼ぶにはあまりに儚《はかな》い関係だった。週末には手を繋《つな》いで街歩きもした。お台場《だいば》のアミューズメント施設で終日過ごしたり、葛西《かさい》臨海公園の水族館に行ったりもした。箱根湯本《はこねゆもと》の温泉旅館に一泊したこともある。にもかかわらず、ふたりの心の距離は微妙に離れたままで、接近することはなかった。それはまるで同じ極を近づけると互いに反発しあうふたつの磁石のようだった。

憲吾はこの駅の北口から歩いて十五分ほどのところにあるアパートでひとり暮らしをしている。北口の案内に漢字三字で表記されている住所、その二丁目に彼の住まいはあった。六畳の洋間とコンパクトなキッチンがあるだけの小さなその部屋にも陽茉莉は休日には何度か訪れ、朝を迎えたことだってもちろんある。

しかし彼は朝の早い仕事だと言い、十時開店のパンも販売するケーキ屋で働いていて、仕込みがあるのだから、それはその通りなのだが、からだを休めたいのだ、と主張し、平日の仕事後には会いたがらない。土日が店休日なのはケーキ屋にしては珍しいが、オーナーが家庭を大事にしたいがための方針なのだ、と聞き、なるほどと思った。

陽茉莉は休日出勤を減らし、憲吾の予定に合わせ、デートの計画を立てた。大学時代の親友から紹介してよ、とせっつかれ、会食を提案してみても、彼は応じようとはしてくれないのだから、陽茉莉の活動圏内に深入りしたくないのだろう。

吉祥寺《きちじようじ》にある彼の職場でもあるその店を、陽茉莉は一度だけ訪れたことがある。新卒三年目の陽茉莉にはパンもケーキも割高で、気楽に行けるような店ではなかったから足繁く訪れなかったのだと、事実そうなのだから、もし理由を訊《き》かれれば嘘《うそ》偽りなく答えられる。清潔感のあるこぢんまりした店舗で、ショーケースに並ぶ商品を店員に伝えて、取ってもらうスタイルだった。

憲吾は製造スタッフなので、店頭には立たない。陽茉莉が店を訪れた日も、行くよ、と事前に伝えてあったにもかかわらず、顔を出したりもしなかった。職場の人に紹介するのが嫌なのだろうか、と勘ぐったが、あとでオーナーに白状したら、可愛《かわい》い子だね、と言っていた、と告げられ、ひた隠しにしていたわけでもないのか、と安心した。

私のことをオーナーに何と紹介したのだろうか、と気がかりではあった。恋人、彼女、友だち……。ただの地元の同級生だ、と言ったのだとしても、それは間違いではない。

改札からコンコースに流れ出てくる人の数が増えてきた。七時半。このくらいの時間が帰宅ラッシュなのだろう。ようやく夏の名残《なごり》が抜けきったかと思うと、一気に季節が進んだ。乗降客の中には、薄手のコートやブルゾンを纏《まと》った姿もちらほら見られる。

大人になってからの時間は子どもの頃には抱いたことがないほどに早い。日常に於《お》ける一年なんてあっという間に過ぎる。なのに憲吾と付き合ってからの一年と二ヶ月は、まだそれしか経っていないのか、とじりじりする。半年経てば、ふたりはもっとしっくりくるのだろうか、一年が過ぎれば恋人と呼べる自信が持てるのだろうか。陽茉莉は指を折って数えるように、じっと日々が積み重なっていくのを待った。けれども半年を過ぎても一年が過ぎようとも、微妙な隙間《すきま》が埋まることはなく、上っ面な関係だけが平坦に続いていた。

相変わらず休日にしか会わないし、陽茉莉の友人にも会いたがろうとはしない。

そして付き合って一年と丸三ヶ月をまもなく迎えようとした先月はじめ。しばらく距離を置こう、と告げられた。恋人には物足りない、そう判決が下されたんだな、と思った。

総子《ふさこ》さん、というのが憲吾が勤めている店のオーナーの名前だ。名字は知らない。今年三十七歳になるという。

店を訪れた際に、レジに立っている姿を見た。あの人が総子さんだ、すぐにわかった。特に若作りをしている風でもなく、かといって老けて見えるわけでもない。仕事柄だろう、化粧っけもなく、年相応に目尻には皺《しわ》がより、ひとつにまとめただけのヘアスタイルも素っ気ない。

背丈は陽茉莉と同じくらいで、制服なのか白い襟《えり》のついた紺色のシャツから出た腕は華奢《きゃしゃ》で、こんな腕でパンを捏《こ》ねたりパウンドケーキを業務用のオーブンに入れたりするような力仕事ができるのか、と余計な心配をしてみる。

総子さんってさ、フランスで修業していたのに、いまも覚えているフランス語は専門用語以外は、人を罵《ののし》る言葉なんだって。おっかねえよなあ、と、憲吾は嬉《うれ》しそうに顔を綻《ほころ》ばせ、けど向こうじゃあそのくらいの強さがないと暮らしていけないんだろうな、とこちらが反応する間もなく勝手に納得し、深々と頷《うなず》く。

イケアのショッピング中に、そういえばバックヤードの時計が壊れているから買ってくるように総子さんに頼まれていたんだっけ、と思いついたように言い、どれがいいかな、と物色をはじめる。これ素敵じゃない？　と陽茉莉が意見を述べてみるも、総子さんこだわりがすごいからなあ、と散々悩んだ上に、写真を撮るだけで売り場をあとにする。メッセージで相談してみたら？　と促すと、休み中に仕事させるなんて申し訳ないからさ、総子さんは土日はかあちゃんやってるんだ、ってのが口癖なんだ、と誇らしげに言う。

憲吾はその名を口にするたびに、大切なものをそっと差し出すような特別なニュアンスを込める。

総子さんがさ、総子さんってね、総子さんは。

ふ、ふ、ふ。

口から出たての最初の一文字が、霞《かすみ》のように彼の周りを包み込んでいく。憲吾はその中で居心地よさそうに佇《たたず》む。

ふうせん、ふんすい、ふわふわ。

ふが頭に付く言葉はどことなく柔らかい。いや、そうばかりではない。ふしだら、ふきげん、ふつつか。ネガティブなイメージを持つ言葉だっていっぱいあるのに、それらには目もくれずにうっとりとする憲吾の横で、ふつりあい、ふいっち、などと陽茉莉は自分と憲吾との関係を言葉にしてみる。

レジ前で馴染み客らしき相手と総子が談笑するのを、パンを選んでいるふりをしながら盗み見る。殊更に愛想がよかったり、人当たりのいいタイプではなく、むしろつっけんどんな口調でもあった。どことなく体育会系のリーダーのような風情もあった。陽茉莉にも、このレモンクリームのドーナツは新商品ですよ、と口早に声をかけてきた。嫌みがなく、きびきびとした働きぶりも見ていて気持ちいい。からっとした人なんだろう、と思って、ああ、憲吾はこういう女性が憧れなんだな、と納得した。

憲吾に紹介されるかもしれないと、いつにも増してきっちり施してきたメイクが恥ずかしく思えた。コテで巻いてヘアスプレーで固めてまできたスタイルも、その場で浮いているように感じた。

陽茉莉は丸柱に凭れたまま、肩にかかる毛先に手をやる。自分の存在が雑踏に紛れてくれるといい、と願う。悪目立ちしていないだろうか、と見回すが、陽茉莉を気にする人など誰もおらず、みな、帰路を急いでいた。縮毛矯正をしたばかりの髪の毛はつるりと触り心地がよく、表面を薄くした毛先が頰にかかり、さらりと揺れた。ナチュラルメイクで歩く勇気などさらさらなく、今日もファンデーションを丁寧に塗ってきた。たとえ見た目を似せても彼女のようにはなれないことぐらいわかっていた。

お待たせ、と低い声に顔を上げる。見知らぬ男性にどきりとするが、視線は陽茉莉をすり抜け、後ろにいる女性に向けられていた。肩を並べて北口に向かう彼らの姿を見送る。会社帰りらしき男性はダークグレーのスーツだが、出迎えた女性はカジュアルなデニムにスニーカーだ。腰まわりはぴったりとフィットし、腿《もも》から足先に向かっては太めの緩いカーブを描く。ボーイフレンドデニム、と呼ばれるものだろう。全体的にだぶっとしたバギーパンツよりももっとカジュアルな印象だ。裾《すそ》を広めに折り返しているから余計そう感じる。霜降《しもふ》りのスウェット生地のトップスの裾を軽くデニムにインして着こなしている。

自分が着たら、だらしなく見えるだろう。ああいったスタイルを気負いなく着こなすには、何か特別なものを持ち合わす必要があるように思える。自信なのか、センスなのか。そういった類《たぐい》のもの。そう、総子の私服もあんなふうだった。

あれは夏の終わりのことだった。電車の車両で偶然、総子を見かけた。彼女にどことなく似た雰囲気を持つ女性と楽しげに会話をしていた。くだけた様子から、彼女たちが仲のよい友人同士だとわかった。

陽茉莉は会社帰り、新宿《しんじゅく》のデパートに行く途中だった。社会人になってからずっと愛用している化粧水と美容液が残り僅《わず》かになっていたから、買い足しに行きがてら秋の服でも見ようかと思っていた。

新宿駅のふた駅前で、総子とその連れの友人が電車を降りた。発車ベルが鳴り終わるギリギリのタイミングで、陽茉莉も下車した。もちろん陽茉莉が降りる駅ではない。途中下車して、いったいどうするつもりなのか。

そう自分に問いながら降り立ったあの日のホームの騒《ざわ》めきが耳に甦《よみがえ》ってきて、その瞬間、あ、そうか、と気づく。

陽茉莉がこの駅に着いたときのこと、各駅停車用の一、二番ホームで見かけた光景が頭をよぎる。四十代くらいか、もしかしたらもう少し若いかもしれない。黒っぽいシャツにチノパン姿だったか、紺色のリュックも背負っていた気がする。その男性が、ホームの真ん中で自撮り棒を限界まで伸ばして突っ立っていた。棒の先にはスマホがあったけれど、写真を撮っているふうではなく、ただ真剣に天を見上げていた。

何をしているのだろうか、と一瞬不審に思ったけれど、それよりも改札を出ることが頭を占領し、男性の脇を抜け、階段に向かった。

その光景を陽茉莉は突如思い出したのだ。あの男性はきっと、ホームに流れる発車音を録音していたに違いない。

鉄道好きが多岐に亘《わた》ることは知っている。列車の写真を撮るのが好きな撮り鉄、全国を回ってその地区でしか運行していない電車に乗って楽しむのが乗り鉄。それら大雑把(おおざっぱ)なジャンル分けだけでなく、乗り鉄の中でもローカル列車にしか乗らない派や、特急のみに特化する派などもいるそうだ。

ホームの発車音は、昔からご当地の特色をあらわすために、独自の発車音やメロディーを流している駅がある。降り立った駅や電車を待つ間に、あれ、この曲なんだっけ、と頭を捻《ひね》り、由来がわかると嬉しくなったりもする。

最近では、地下鉄の各駅にそれぞれのメロディーが割り当てられていて、それは海外からの観光客の乗降間違えを防止するのにも役だっている、と何かに書かれていたけれど、果たして本当にそうかどうかは不明だ。

この駅の一、二番ホームでどんなメロディーが流れていたのかは記憶にない。この一年と二ヶ月あまり、何度かは使った駅なのに、そんなことすら身に染みついていないレベルなのか、と寂しくも思う。

きっとさっきの男性は、陽茉莉の記憶に残っていない音楽を自らのスマホに記憶させていたのだろう、と想像しながらホームに続く階段を見やる。視界に時計の文字盤が否応なしに入り込み、それが八時二十分を指していることに無理やり気づかされる。

憲吾が働く店の閉店は五時三十分だ。まっすぐ帰れば六時にはアパート最寄りのこの駅に着いているはずだ。なのに待ち伏せしている陽茉莉の前に、彼は姿を見せない。一秒たりとも無駄にできない、とベルさをしてきたのは無意味だったのかと、揺れそうになる思考を振り払う。

あの日、夕方になってもひかない暑さの中、総子の跡をつけた。従業員の知人がいることなど気づくはずもなく、前を歩くふたりの足取りは軽い。いや、もし気づいても総子なら気にしなかったろう、と想像し、そういう器の大きさが人間としての余裕を感じさせ、自分のちっぽけさを思い知らされるだけだった。

総子には一つ年上の会社員の夫と小学生になる娘がいる。ケーキ屋のサイト内に自己紹介ページがあって、そこに書かれていた。そんなプライベートな話題まで記す必要があるのだろうか。ただ親しみやすさは増すだろう。客との会話の糸口になるし、家族を大切にするために土日も休み、夕方には閉店することにも共感を呼ぶ。

こそこそと総子の情報を探っているのを、憲吾には知られたくない。だから何も知らないふりを続ける。

夜が進むにつれ、コンコースを吹き抜ける風がひんやりと感じられるようになった。時刻は九時を過ぎている。

たった一度だけ、憲吾が平日の夜遅く、陽茉莉の部屋を訪れたことがある。学生時代の友だちと飲んだ帰りだと言い、ちょっと寄っていいかな、とメッセージが来た。

休日にしか会いたがらない憲吾が、平日の夜に来る。男性はお酒が入ると人恋しくなる、と聞いたことがある。私、憲吾の彼女なんだな、陽茉莉はそれだけでもう舞い上がりそうになった。

パジャマを脱ぎ、からだのラインを拾わないすとんとしたワンピースに着替える。家でくつろいでいるのにふさわしい薄化粧を施し、彼の到着を待った。ブローはし直したけれど、スプレーで固めるのはやめた。

ごめんね、こんな時間に突然来ちゃって。憲吾は饒舌《じょうぜつ》で、久しぶりに会った友人のことを面白おかしく話してくれた。明日の仕事は大丈夫なのだろうか、と心配になるほどに夜更けまで陽気なおしゃべりは続いた。

しばらくすると、お腹が空いた、と漏らした。なんかある？　と訊かれ、そんな準備などまるで頭になかったことに、そのときになって気づく。冷蔵庫には卵くらいしかなかった。節約のため、ゆで卵を作ってランチのおかずの足しに持っていっていたからだ。

ああ、それなら、と簡単なのでいいからちゃちゃっと、とほろ酔い気味であまり呂律《ろれつ》の回っていない口調で言う。

あるものでちゃちゃっと料理。

それがどんなに大変で難易度が高いものか、きっとこの人は知っている。だから言うのだ。ちゃちゃっと、と。総子さんがまかないでたまに作ってくれるんだ。シンプルなのになんであんなに美味《おい》しいんだろうね、と同意を求められたあとに言われる。

「チーズ入りスクランブルエッグ。バター多めでふわふわのやつ」

ふわふわのやつ。バター多めで、スクランブルエッグ、チーズ入り。陽茉莉は頭の中でリクエストされたメニュー名を逆さからゆっくり頭の中に染みこませていく。

アスパラのリゾットや、真鯛のポワレ。そんなレシピよりもずっと難しい。もっともそれらを作ったためしなどないけれども、陽茉莉はそのちゃちゃっとレシピを憲吾が望むように美味しく作るのがどれほどに困難なのかわかっていた。

おそるおそる冷蔵庫から卵を取り出す。固い殻の中でひんやりしている触感は自らの心のようだった。バターのかわりに使っているマーガリン、チーズはスライスチーズが一枚だけ残っていた。

お、ちゃんとあるじゃん。冷蔵庫からおずおずと材料を取り出す陽茉莉に嬉しそうに声をかける憲吾に、いったいこれはどういった試練なのか、抜き打ちテストなのか、と憂鬱《ゆううつ》になった。

スクランブルエッグどころか炒《い》り卵とも壊れた目玉焼き、そのどれとも呼べない淡い黄色の得体のしれない物体を、それでも憲吾は放り込むように口に入れ咀嚼《そしゃく》する。

ごめん、あんまりうまく作れなくて。どういう顔をしていいのかわかりかねた結果、申し訳なさそうに項垂《うなだ》れてみせる陽茉莉に、美味しいよ、とそんな声をかける。意地悪だ。胸が苦しかった。それだけじゃお腹空くよね、コンビニで何か買ってこようか、と立ち上がると、いいよいいよ、なんだか眠くなっちゃったな、と横になる。まもなく寝息が聞こえてきた。

皿に半分以上残った黄色いソレを、陽茉莉は用心深く親指と人差し指でつまむ。調味料を入れ忘れていた。味がない上に、卵はふわふわどころかカラッと乾いている。ところどころチーズが固まって、ボールのような塊を作っていた。焦点も定まらぬまま黙々と口だけを動かしていると、奥歯でガリッという気味の悪い食感とともに、金属質な音がした。指を入れて取り出すと、二ミリほどの白い破片が咀嚼された黄色い物体に紛れて出てきた。

卵の殻の欠片《かけら》だ。

小さな異物が違和感となり、全てを台無しにした。ほんの少しずつしっくりいっていない私たちの関係のようだ。それは僅かに合致しないだけなのに、けれどもその隙間がどうしても無視できないものとなっていく。

美味しくないな、美味しくないよ。すすり泣く声が、寝返りを打つ憲吾に届かないようにと、声を出さずに涙を流した。

その日から、陽茉莉は何度も何度もスクランブルエッグの試作を繰り返した。ネットのレシピサイトに掲載されていたコツをいくつも試してもみた。けれども憲吾はもう二度と作ってくれ、とは言わなかった。

平日の夜に陽茉莉の部屋を訪れることはなく、休日にだけ自分の部屋に呼んだ。何か作ろうか、パスタかカレーなら、とキッチンに立とうとすると、調理道具も揃《そろ》っていないから、とやんわり断られ、宅配サイトをクリックした。

いったんは減った降車客がまた増えてきた。残業帰りか同僚と飲んだ帰りか、これまでの時間帯の客よりも、纏っている空気に重力を感じた。パワーというのか熱量なのか、彼らは肩で息をしながらも、明日へのエネルギーを蓄えているかのようだった。

秋のはじめ、陽茉莉の母方の祖父が入院することになり、母が付き添いで忙しくなった。しばらく家の管理や父の面倒のためにと週末は実家に帰ることが増えた。陽茉莉が来たからといって、役だつことがあるとも思えなかったが、いてくれると安心だ、との両親の言葉にそんなものか、と納得した。

そんな週末がしばらく続き、憲吾と会う時間が減っていた。憲吾は電話はもちろんのこと、メッセージアプリやメールも頻繁に使う人ではない。用事があるときだけやりとりするのだから、会う予定がなければ音沙汰もない。

ようやく母の病院通いが一段落し、陽茉莉は一ヶ月ぶりに憲吾の部屋を訪れた。懐かしいでしょ、と地元のお菓子を土産《みやげ》に買ったから行っていいかな、とメッセージを送った。恋人に会うのに理由などいらないはずなのに、手ぶらで訪れる自信がなかった。

すると、こういうの全然行っていなかったけど、と、陽茉莉のいなかった週末に出かけたという映画のチラシや美術館の半券を見せられた。じゃあ今度は一緒に行こうよ、と強張った笑顔を作ると、だって陽茉莉こういうのに興味ないだろ、好きじゃない場所に連れていくなんて申し訳ないよ、と首を振った。

陽茉莉がいない間に俺、気づいたんだ。もっとひとりの時間を充実させる必要があるんじゃないかって。そういう時間って大切だなあ、ってさ。自己研鑽《けんさん》っていうの？　試しにあちこち出かけてみたり読書をしてみたりしてたら面白くってさ。ひとりで過ごすなんてつまんないっていうのは思い込みだったのかな。陽茉莉といると楽しかったから、そんなふうに思うなんて自分でも驚いたけどさ、と立て続けに理由を告げられた。

しばらく距離を置こう。その後伝えられた言葉が、別れを示唆《しさ》していることぐらいは陽茉莉も理解していた。地元の菓子は封を切られることもなく、陽茉莉と憲吾の間で困ったように置かれていた。

じゃれ合いながら改札に向かう若い男女にさりげなく目をやる。私たちもふたりでいると、傍目《はため》には仲のよい恋人同士に見えるのだろうか。それとも精神的に未熟な女性と彼女を持て余している男性に映っていたろうか。

カップルの後ろから、四十代くらいの女性が階段を下りてくる。ショルダーバッグを肩にかけ直しながら、一定のテンポを崩すことなく、まっすぐに改札を抜け、陽茉莉が立っている柱に近づく。茶とオレンジの個性的な幾何学《きかがく》模様のワンピースはやわらかな素材で、彼女の細身のからだをゆるく包んでいる。裾からアイボリーのレギンスが覗《のぞ》き、真っ白いぺたんこのパンプスも彼女の一部のように馴染んでいた。

素敵な大人の女性だな。

想像するに、自分よりも二十歳くらい年上のその人が陽茉莉の横を通り過ぎていく。と同時に妙な感覚に陥った。周囲から音が消え、足元が浮いたような気配に、なんだろ、と首を傾げるも、風が吹き抜けているだけだ。ただ、その風は季節外れに生温《なまぬる》く、佇む陽茉莉を包んでいた。気づくと女性は線路沿いに消え、やがて構内の騒めきが耳に戻ってきた。

陽茉莉は総子の尾行をした夏の日のことを思い出す。雑踏を抜けた彼女らは、裏路地に入ると、目立たない小さな看板の出ている店のドアを開けた。彼女たちが消えたあと、陽茉莉は店の前に歩み寄る。素朴な看板には店名とともに、ワインとお肉、と明記されていた。肉料理。こういうのを食べるのか。意外だった。もっとナチュラルな野菜や家庭料理を好む人なのだと思っていた。でも一方で、赤ワイン片手に丁寧に調理された肉料理を楽しむ姿は、とてつもなく大人びていて、自分の幼さを際立たせた。

憲吾だってこれまで映画や芸術の趣味なんてあったっけ？　総子さんに薦められたの？　大人の女性だもんね、彼女。そういう素養も身につけていて当たり前だよね。でも既婚者に好意を抱いたって迷惑をかけるだけでしょ。そんな反論をしたらいっそう子どもっぽく思われて呆《あき》れられるだけだ、そう思うと何も言えなかった。

うん、わかった。未練などないかのように物わかりよく頷くのが、大人の女性の所作だろう、と、とっさに判断した。

＊

残業にはなったけれど、思いの外捗《はかど》って気分がよかった。そういえば観のがしたロードショーが、確かいま、ミニシアターのレイトショーでかかっていたんだった、と思い出し、ほくそ笑んだ。映画館までのアクセスを調べ、間に合いそう、と社を後にした。

　プラットホームに降り立ち、使い慣れた駅ではないのに懐かしさに包まれた。その途端、記憶が揺れ、ああそうか、と理解する。ゆっくり階段を下りていくと、改札口の向こうの柱の前に、若い女性が立っていた。目がうつろに泳いでいた。すれ違いざま、吹くはずのない風が足元を抜けた。

＊

　一人分だとしても卵一個だけでスクランブルエッグを作るのは難しいらしい。卵は二個。ボウルに割って溶きほぐしたあと、大さじ一杯ほどの水か牛乳を入れると、仕上がりがふわふわになるという。

　スクランブルエッグのレシピだけでなく、都内の美術館や展覧会の情報にも詳しくなった。もう別れよう、そう告げられたわけではない。額面通りに取れば、いまは頻繁に会うのはやめよう、そう言われただけのことだ。まだ取り返しはつくかもしれない。陽茉莉は二週に一度ほど、しつこくない程度にアプリでメッセージを送ってみる。

既読になったまま返事が来ないことがほとんどだ。ごくまれに、ごめん忙しくて時間が取れない、と返ってきた。

くまなくチェックしていた情報で、完全事前予約制になっている美術館を見つけた。陽茉莉でも知っている前衛芸術の第一人者の名前を冠した個人美術館だった。海外の客にも人気でなかなかチケットが取れない、と口コミに書かれていた。

サイトを見ると、二週間後のチケットがたまたまその日の深夜零時から発売されると告知されていた。コンパクトな規模の美術館なのか、二時間の枠に対し募集人数は二十名とかなり少数だ。激戦になるはずだ、と陽茉莉は零時ちょうどにサイトに入れるようにと身構えた。

事前に会員登録を済ませるなど準備していたのがよかったのか、スムーズに進み、二週間後の日曜の午後二時の枠を二名分おさえることができた。一通りの手続きのあと、トップ画面に戻ると、既に今回の販売分は完売となっていて、本当にたまたまタイミングがよかっただけなのだ、と驚かされる。

デジタルチケットだけでなく、美術館に取りに行けば紙のチケットを貰《もら》うこともできる。金曜だけは遅くまで開館しているその美術館の受付を、陽茉莉は先週の仕事帰りに訪れた。乗り慣れない路線で数駅、駅からはナビを頼りに五分ほど歩くと、マンションが立ち並ぶ住宅街の一角にその美術館は建っていた。

美術館の前では外国人を含め、数人が外観にスマホのカメラを向けていた。彼らは入館待ちなのか、と思ったが、予約制だと知らずに訪れた者もいるようだった。陽茉莉は既に予約を済ませている優越感とともに、アールを描いたエントランスを入った。受付前のオブジェに目をやり、次にこれを見るときに隣に憲吾はいるだろうか、と想像し、喉《のど》の奥がカラカラに渇いた。

受け取った二枚のチケットのうち一枚を封筒に入れ、美術館前のポストに投函した。せっかくのチケットが届かないと困ると思い、追跡のできるレターパックの封筒をあらかじめ用意しておいた。

チケットを送ったことは憲吾には伝えなかった。サプライズにしたかったからだ。憲吾へのではなく自分への。チケット入手したよ、と伝え、行けない、と先に言われてしまうのを恐れた。来るか来ないか、もしかしたら来てくれて、また楽しい日々がそこから始まる可能性を残しておきたかったからだ。これなら憲吾も喜んでくれるかもしれない。かすかな期待に賭《か》けた。

駅が混み合う時間とそうでもない時間は交互に来る。折れ線グラフで表せば、波のような緩やかなカーブを描くだろう。いまはその波の底辺に近いのか、あるいはもう混み合う時間帯は終わったのか、人がまばらだ。

見逃すはずはない。ならば憲吾は陽茉莉がここに来るよりも前に帰宅したのだろうか。今日は非番なのか、それとも別の駅に降りたのか。もちろん用事があってまだ帰宅していない可能性だってある。この駅の最終電車はいったい何時なのだろうか。その時間までここにいて、憲吾にも会えなかったら、今度は陽茉莉が帰宅できなくなる。もし憲吾に会えても結局ここにひとり残されることになったとしたら、自分の帰宅手段は確保しておかなくてはいけないな、と焦りとともに冷静になっている自分もいた。

この間の日曜の午後、予約した入館時間の四十分も前に陽茉莉は美術館の前に到着した。ガードレールに腰掛け、スマホをチェックしながら駅から来る人を待った。二時が近づくにつれ、人が集まってきた。前の時間帯の客が退館する姿も見えはじめ、エントランスの前がにわかに賑《にぎ》わってきた。けれどもその中に憲吾の姿はなかった。

外国人カップル、中年夫婦、ひとりで来ている若い女性や学生らしき男性もいた。やがて、自動ドアが壁のカーブに沿って静かに開き、淡いグレーのコートのようなユニフォーム姿のスタッフが歩み出てきた。姿勢がよく、凜《りん》とした印象のその女性スタッフが落ち着いた口調で言う。お待たせしました。チケットの番号順にご入館いただきます。呼ばれた番号に従ってひとりずつ、紙チケットやスマホのコードでチェックを済ませ、ドアの向こうに消えていく。雑然としていたエントランスは瞬く間に閑散《かんさん》としていく。

陽茉莉はチケットに目を落とす。振られた四〇八という数字は、どの時期からかはわからないが、いつからかの通し番号なのだろう。グレーのコート姿のスタッフは、いまは三九二という数字を告げている。中年夫婦が連れだって入り口に進む。はい、三九二、それから三九三ですね。列が進むに従って、陽茉莉の胸の鼓動が速まる。あとふたり、あとひとり。

四〇七番の方。

スタッフが顔を上げゆっくりと左右を見回す。四〇七番。憲吾に送ったチケットの番号がその場に響く。すみません、来てません、そう告げるべきだろうか、と迷っている陽茉莉の脇から、はい、と声がした。スタッフの女性に歩み寄るその人は、父親世代だろうか、いずれにせよ見知らぬ白髪《しらが》交じりの男だった。陽茉莉のことを振り向きもせず、受付を終え、館内に入っていく。陽茉莉はそのあとに四〇八番、と自分の番号が呼ばれているのに、しばらく足が止まったままだった。

あ、はい。我に返って、慌てて返事をした。

憲吾は何と伝えて、チケットをあの見知らぬ男に譲ったのだろう。総子の夫にしては老けている。ケーキ屋の常連客だろうか、職場にはベテランの職人がいるのだろうか。陽茉莉は憲吾の交友関係にあまりにも疎い自分が情けなくなる。

譲った相手からはチケット代を貰ったりしたのだろうか。お礼に食事を奢《おご》ってもらったろうか。人気美術館の入館券だ。ネットのフリマサイトに出品した可能性だってある。

陽茉莉は前衛芸術家の初期作品の展示、という今回のテーマに沿った絵画やオブジェの前をぼんやりと歩く。コラージュ作品に近づくと、額に嵌《は》まったガラスに自分の姿が映った。くっきりとひいた口紅に、念入りに巻いたヘア、小さなヘッドの華奢なネックレスは、ヒダの付いた華やかな襟元に囲まれていた。

纏っていて心地がいいかどうかと訊かれると、いいえ、窮屈です、と本心が反応するだろう。ヒールのあるパンプスも足先を圧迫していて快適とは程遠い。だとしてもこうして華美に装わなければ、自己の存在があやふやになるのだ。

しんと静まり返った美術館で、コツリと陽茉莉が立てる足音だけが遠慮がちに響く。なにげなく周囲を見ると、中年夫婦は作品に添えられている解説文を食い入るように読んでいるし、外国人カップルは青を基調にした大きな絵の前からもう何分もずっと離れていない。まるでこの絵に心を吸い取られているかのようだ。

四〇七番のチケットを持つ男は、殊更に興味があるふうでもなく、かといってつまらなそうでもなく、ゆっくりと展示物を鑑賞していた。淡々とするべき仕事をこなしているかのような歩調に、なんでこの人は今日、日曜の午後を使ってまでしてこの場にいるのだろうか、と不思議に思った。

美術館の外は、夕方の気配が漂っていた。ようやく涼しくなったわね、中年夫婦がそんな会話をして、虚ろに歩く陽茉莉を追い抜いていった。

最後にもう一度だけ憲吾に会いたい。

それだけを願った。私たちの関係は戻るのか、もし戻らないのならしっかりとさよならと告げてもらいたい、だから今夜、駅で彼の帰りを待つことにした。それ以外考えが及ばなかった。

彼のアパートのドアの前で待っていたらさすがに気味が悪い。偶然を装って改札で遭遇しよう。南口にメディアで人気のカフェがあった。たまたまそこに寄った帰りということにし、その後に駅前の書店で料理本を探していたのだ、と理由を述べよう。思ったよりも時間が経っている。カフェと書店だけではこの時間までいるのは不自然だと思われないか。線路沿いに小さな映画館があることも、最近知った。ミニシアターと呼ばれ、マニアには結構有名な劇場らしい。選りすぐりの作品を上映するのだと公式サイトで謳《うた》われていたが、上映映画の予定表を辿《たど》っても、聞いたこともないタイトルばかりが並んでいた。こうした映画館で通好みの映画を楽しめるような趣味があったら、憲吾も私を認めてくれたのだろうか。

けれどもレイトショー上映中、と大きく書かれたサイトを見ても、まるで心が躍らない。レイトショーっていうからには、夜遅くに上映することぐらいはわかるけれど、いったい何時からならそれに分類されるのだろうか、それは映画館によってまちまちなのだろうか。そんなことを思って頭の空白を埋めていると、突然、ピーピーという警告音が辺りに鳴り響いた。

その音を立てているのは七台のうち、陽茉莉から見て右から二番目の自動改札機だ。その場にいた数人が足を止めて注目している中、ひとりの黒いシャツ姿の男性が、改札口を通れずにまごついていた。改札機は彼が通ろうとするたびにけたたましい音を立てる。

あの人だ。

改札を行きつ戻りつしているのは、さっきホームで自撮り棒を使って発車音を録音していた男性だった。陽茉莉がここで憲吾を待ち伏せしていた五時間ものあいだ、彼はあのホームにいたということだ。

電車が到着するたびに、流れる音楽を録音し続けていたのか。ずっと。

入場券でホームに入ったのだとしたら、時間の制限があるのかもしれないし、単に切符の間違いや料金不足ということか、たまたま自動改札機に不具合が起きただけかもしれない。他の改札なら、すんなり通れる可能性もあるのに、彼は執拗《しつよう》に同じ改札口を行き来する。

しばらくは注目していた他の客も、もう興味をなくしたのか、付近にはその男性以外見当たらない。構内にはピーピーという音が鳴り響き、男性はいったん改札を離れるも、また進入を繰り返す。

ピーピー、ピーピー。ピーピー、ピーピー。

警告音は止まることなく鳴り続ける。

ピーピー、ピーピー。

陽茉莉はその音を耳に入れながら、錯乱、という言葉を頭に浮かべていた。日常の錯乱。ごく普通に動いていた日常が何かのきっかけで乱れ、危《あや》うさに近いものへと向かっていく。

それはここでこうしている自分とどこが違うというのか。よりを戻せるはずもない相手を待ち伏せし、五時間も立ち尽くしている自分。来ない人のためにチケットを取って送りつけている自分。途中下車までして、勝手にライバル視している人の跡をつけていく自分。重ね合わせていくと、それは見事に合致していく。

いつしか改札前は静けさを取り戻していた。駅員が男性に駆け寄り、彼は既に改札の外に出、ややふらつく足で北口に向かっていた。さっきまで音を立てていた改札機は、新しい降車客をスムーズに通していた。錯乱していた日常はもうそこにはなかった。

陽茉莉は大きく息を吐いて、柱から背中を剝《は》がした。ずっと同じ体勢でいたせいで、脚の関節が強張っていた。パスケースを取り出し、改札機に当てる。ピピッと軽快な音とともに、改札口が開いた。踊り場で次の列車の発車時刻を確認する。最終電車まではあと二本と迫っていた。

階段を上りきると、人はまばらで、線路を挟んだ向こうに急行が停車するホームが見えた。九時過ぎにも改札で見かけた幾何学模様のワンピース姿の女性が、ひとりで電車を待っていた。その時と同じ生温い風が吹き抜け、一瞬、目が合ったように思えて、はっとしたときには、轟々《ごうごう》と音を立てる急行電車に運ばれたあとで、もうそこに彼女の姿はなかった。

もしかしたら次の電車に憲吾が乗ってくるかもしれない。そのあとの最終電車で帰ってくるかもしれない。もう一本、あと一本だけ待とうか。

まだ決めかねている陽茉莉の前に、鈍行電車が入線してきた。

フライパンはしっかりと温めておく。二センチ程度のキューブがバター十グラムの目安だ。それをふたかけ、二十グラム使う。フライパンの上に手をかざし、熱気が伝わるくらいになったら頃合いだ。ジュッと音を立ててバターが溶けて広がる。

卵は事前に冷蔵庫から出し、常温にしておいたほうが混ざりやすい。二個の卵に大さじ一杯の牛乳。菜箸《さいばし》を四本使うと丁寧に混ぜられる。塩をひとつまみ、胡椒《こしょう》はミルで挽《ひ》くのが断然美味しい。

フライパンのバターが完全に溶け、全体に小さな泡が立ってきたら、鍋肌から一気に卵を注ぎ入れる。即座に一口大にちぎったチーズを散らす。菜箸を木べらに持ち替え、フライパンの底を掬《すく》うように、二度大きく動かしたら、火を止める。

余熱で仕上げ、最後にもう一度だけ木べらで円を描いたら、半熟状態のまま皿に移す。ふんわりと盛られたチーズ入りスクランブルエッグは、バター多めなのがポイントだ。

*

レイトショーを観て帰宅したら、日付が変わっていた。小腹が空いて、冷蔵庫を覗いた。陽茉莉は湯気の立つ『バター多めチーズ入りふわふわスクランブルエッグ』

をテーブルに運びながら、過ぎた日を思い出していた。四十歳を過ぎたいま、二十年前のあの頃憧れたなりたかった大人に、自分はなれているだろうか、と顧みる。ふいに、閉め切った部屋に吹き込むはずもない風の気配を感じ、それは先ほどの降車駅で味わったのと同じ体験だった。茶とオレンジの幾何学模様のワンピースの裾がやわらかく揺れ、足元をくすぐった。

どこか遠くから、闇夜《やみよ》を縫って電車の発車を報せる音楽が聞こえ、その向こう、鈍行列車のホームにかつての自分を見たように思えたけれど、それはきっと気のせいだろう。

ひめくり小鍋

冬森 灯

★

冬森 灯（ふゆもり・とも）

2018年、第1回おいしい文学賞にて最終候補となる。2020年、『縁結びカツサンド』でデビュー。他の著書に、『うしろむき夕食店』『すきだらけのビストロ　うつくしき一皿』がある。

一宮《いちのみや》すず音《ね》は、地下へ向かう古い急な階段を全速力で駆け下りながら、ベージュのジャケットの袖《そで》から覗《のぞ》く腕時計に目をやった。気に入っているが、今日ばかりは秒針のないものを選んだのを悔やむ。

終電の発車まで、あと一分あるかないかがわからない。

ICカードを叩《たた》きつけるようにして改札を抜け、発車ベルの響くホームめがけて、エスカレーターを駆け下りる。トレモロみたいに小刻みに動かす脚がもつれて、危うく転びそうになる。

いっそ転げ落ちてしまいたいと思った。

そうして明日会社に行かずに済むのなら、どんなにいいだろうかと。

あと数段というところで発車ベルは不意に途切れ、大きなため息に似た音とともに、ドアが閉じた。

乱れた呼吸のまま、動き出した終電を見送る。呻《うめ》き声やため息、舌打ちに、取り残されたのが自分だけではないとようやく気づく。

誰かの、昨日の朝までは平和だったのに、という呟《つぶや》きに、すず音はひと知れず頷《うなず》く。

たしかに平和だった。昨日の朝、テレビをつけるまでは。

*

秋が深まり、朝がいちだんとひんやり感じた。その日、テレビも新聞もＳＮＳも、みなこぞって大物歌手の訃報《ふほう》を取り上げていた。

こういった情報はことが全て済んだのちにしめやかに発表されることも多いが、どうしたわけか勝山《かつやま》れいの場合はすぐに情報が駆け巡り、通夜《つや》の日時も未《いま》だ定まらぬうちから、国中が彼女の死を嘆き悲しんだ。年末恒例の歌合戦で長きに亘《わた》り大トリを務めた功績からか、遺作となったアニメ映画の主題歌が大きくヒットしているためか、どの時間帯のニュースでも、緊張高まる国際情勢や逼迫《ひっぱく》する経済状況を差し置いて、トップニュースとして大きく扱われていた。

多くのひとびとと同じく、すず音も泣いた。

ほんのわずかな時間とはいえ、仕事で直接かかわった人物の訃報は、大きな衝撃だった。

一時間にも満たないその時間は、勝山れいに好感を抱くには十分だった。

大スターなのに気さくに話しかけてくれ、ちっとも驕《おご》ったところがなく、山梨の農家で生まれ育ち山びこ相手にのどを鍛えた話をおもしろおかしく聞かせてくれ、好きだというミュージカル映画をすすめてくれた。せめてもの救いは、穏やかな旅立ち方だった。自宅の寝室で眠りについたまま目覚めなかったという。

悼《いた》む気持ちに加えて、別な思いも涙に滲《にじ》む。

いくらなんでも間が悪すぎた。せめてあと一週間、いや三日でもいいから、がんばっていてほしかった。〈二十八夜〉が日の目を見るまでは。

明後日発売予定の新商品〈二十八夜〉は、これまですず音が商品開発本部で取り組んだどの商品よりも開発規模が大きかった。

全国に約五万五千店以上あると言われるコンビニエンスストアのうち、すず音の勤める大手チェーンは三分の一ほどを占める。毎週百品以上の新商品が並ぶコンビニ戦線では、年間に発表される新商品は五千点にも上る。その熾烈《しれつ》な新商品競争の中でも、スイーツはおにぎりと並ぶ、商品の花形だ。

〈二十八夜〉は、会社の周年記念キャンペーンの目玉商品のひとつに数えられていた。まあるい満月をかたどったカステラ生地の中に、安納芋《あんのういも》と和栗のクリームを詰めた和洋菓子で、芋名月と呼ばれる十五夜、栗名月と呼ばれる十三夜の両方を一品で味わえる。

全店で大々的に展開する〈二十八夜〉のイメージキャラクター月見姫が、勝山れいだった。知名度はもちろん、親しみやすい人柄も菓子のイメージによく合って、ポスターやCMのほか、店舗用のポップやステッカーなど、商品パッケージ以外のほぼ全ての宣伝アイテムが、勝山れいのビジュアルを前面に打ち出したデザインで進められた。

その、これまで積み上げてきたものが、あぶくのように弾ける思いだった。企画段階から約二年半、ここまで育ててきた〈二十八夜〉は、お披露目間近にして、お蔵入りの危機に瀕《ひん》してしまった。

〈二十八夜〉の発売を巡って、上役たちは長い会議に入った。

すず音は、いつ終わるともわからない会議の動向を気にかけながら、一刻一秒を争ってできることを見つけ、最善の対処を繰り返す。

例えば、発売日に合わせて既に出稿した広告や記事の差し止め依頼と、埋め草の宣伝素材の確保。勝山れいの映像の代わりに〈二十八夜〉の既存素材でCMを作り直す突貫工事の見積もり依頼。発売後の急激な需要拡大に備え、増産態勢を整えていた製造現場へのストップ指示。既に店舗に納入された宣伝用資材の回収の段取りや、その徹底のための人員配置など、各部署と連携を取りながら、必死に頭を巡らせた。

予想外にてきぱきと動けたのは、二週間前の経験が役立ったからだ。

同じ部署の後輩、高清水《たかしみず》が担当した新商品が、予想を大きく上回る人気を博し、供給が間に合わずに発売後三日で販売を停止した。うれしい悲鳴とは言っても、販売中止にはリスクも大きい。お客さまが欲しい時に手に入らない状況は、商品にとっては少なからず打撃になる。お叱《しか》りや失望の声はお客さまだけでなく社内の各部署からも寄せられ、すず音も事態の収拾に駆り出されたのだった。高清水の商品はようやく目処《めど》がつき、今週はじめから販売を再開した。

大きなことから小さなことまで、思いついた順に片っ端から取り組んでいると一日などあっという間に過ぎる。片手でキーボードを叩きつけながら頬張ったおにぎりの具が鮭だったかたらこだったか、食べたのが昼なのか夜なのかさえもわからなかった。

〈二十八夜〉の発売延期は比較的すぐに決まったものの、生産済み商品の取り扱いについては議論が分かれ、翌日になってもまだ結論は出なかった。

新商品は発売開始から一週間ほどが勝負どころで、厳しい市場競争に生き残れないものはひっそりと消えていく。二週間前の苦い経験もあって、〈二十八夜〉は、発売日から全国の店舗に潤沢《じゅんたく》に行き渡るよう、十分な量を生産していた。その全てが廃棄となると、打撃は大きい。かといって、勝山れいの追悼キャンペーンとして取り扱うには、あまりにもご機嫌な故人の宣伝ビジュアルが物議を醸すのも目に見えている。

短気で知られた上司の笹川《ささがわ》がちっとも戻ってこないことからも、会議はかなり難航しているらしかった。担当商品の販売再開のようすを見に出掛けた高清水が予定よりずいぶん遅く、定時間際に帰社しても、会議室の扉はまだ開かなかった。

「高清水くんずいぶん時間がかかったね。なにかトラブルでもあった？」

いつも手入れの行き届いたスーツも、つんと立てた前髪も、見る影もないほどよれよれになっていた。

「いやぁ、とんでもなかったですよ。流通が麻痺してて。店舗が機能してないんですもん」

「え、販売再開でまたそんなに混乱してるの？」

「一宮さんニュース見てないんですか？　月見姫ですよ。大変ですよ」

その地域には、勝山れい邸があったらしい。

彼女はひっそりと暮らしていたらしく、近隣住民でも姿を見かけたひとはあまりいなかったそうだ。訃報が出るなり駆けつけた報道陣でそれを知ったひとも少なくないという。周囲に三店舗ほどある加盟店のオーナーたちもそうだった。

報道陣の数はあまりにも多かった。それだけでなく、報道を見たファンたちが、彼女の間近で冥福《めいふく》を祈ろうと周囲に集いはじめ、警察が交通整理にあたってもなお、車両やひとが道にあふれ、混乱を極めているという。

「どの店も人流のおかげで商品が飛ぶように売れるのはいいんですが、トイレ目当てのお客さんが長い行列を作るし、ただでさえ狭い路地にひとがあふれるものだから、配送車が店まで来られないんですよ。物がないって怒り出すお客さんもいて、もうしっちゃかめっちゃかなんです」

高清水はエリアマネージャーらとともに、離れた場所に停まった配送車から、商品を担いで何往復もしてきたという。台車すら通れないため、大きなバックパックに詰められるだけの荷物を詰め、彼らは今もピストン輸送を続けているそうだ。慣れない肉体労働に肩を痛めたらしく、高清水はしきりに肩に手をやっていた。

「〈二十八夜〉、発売延期になって良かったですよ、少なくともあの地域にとっては。とんでもない人気ですね、勝山れい。勝山邸の門前、すごかったですよ。花や菓子、酒なんかが、絨毯《じゅうたん》みたいにびっしり敷き詰められて。うちのシールがついてるのも多くて、僕らが必死に運んだ商品がこうして一口も食べられずに朽《く》ちていくのかと複雑な思いもありましたけど、もしもお元気で予定通り〈二十八夜〉が発売できてたら、さぞヒットしたでしょうにね」

「やめてよ、過去形で言うの」

「過去じゃないですか。代わりのタレントがすぐ見つかるわけじゃないですし、どんなにいい商品だって、手に取ってもらえなかったら伝わらないんですから」

その痛みをよく知る高清水の言葉には、説得力があった。

だけど、重い気持ちがお腹の奥に渦を巻く。

どう反論したものかと考えを巡らしたところに、会議室の扉が開いた。

眉根を揉《も》みながら笹川部長が大股で戻ってくる。ヘビー級プロボクサーのような体格の部長の一歩が、いつにも増して重たくフロアに響く。すず音は名を呼ばれ、デスクに近寄った。

「今すぐ動かしてくれ、〈二十八夜〉。出荷を止めてるだろ、今から全店舗に行き渡らせるとしたらいつまでにできる？　すぐ手配するとして、順調にいって明々後日くらいか？　明後日は無理か？」

見えない拳が体の真ん中に思いきり打ち込まれたようで、すず音はよろめいた。

「全店は明々後日も難しいんじゃないでしょうか。この時間ですから、もう連絡のつかないところもありますし。発売は延期しましたよね？　物流もですけど、明後日でも明々後日でも、宣伝が全く追いつきませんよ？」

「販売はしない。ただし、配布をする」

なんら問題のない商品を全数廃棄するのはもったいない。しかし、発売するための準備がすぐには整わない。整うまで待つには、商品の賞味期限が短すぎる。

「クリームだから生菓子扱いだろ、ブツの足が早い。だったら販促品として働いてもらうのが最善策だ。告知まわりも周到に頼むぞ。言いたいことはあるだろうが、これが社長決定、つまり絶対だ。可及的速やかに実行せよ、とのことだ。むろん発売仕切り直しの準備はそれよりもっと、大至急迅速に早急に対処せよと。物申したくても無理だぞ、社長は勝山れいの通夜に向かってもういない」

先ほどよりも重みを増したしこりのようなものがすず音の胸を塞《ふさ》ぐ。

上役たちは、企業という船の寄港地を決めるのが仕事。

そしてそこへ辿《たど》り着くための航路の決定や舵《かじ》取り、つまりあらゆる障壁《ごたごた》との渉外《もめごと》対応は、すず音たちの仕事だ。そこから実際に船を動かすひとたち《現場》へつないでもらう。言葉にするのは簡単だが、船のために動いてもらうこと以上に、心を合わせることが、難しい。

同じ出来事でも、見る位置でその中身は少しずつ変化する。

上役にしてみれば苦難を乗り越え功績を上げるチャンスでも、現場にとってはひとびとの声に耳を貸さぬ上からの圧力だ。その両方の言い分を調整すべく、あちこちから小突き回されながら泥臭くもがくたびに、ずっしりとした塊《かたまり》が胸につかえる。

笹川部長は、高清水が現場報告とともに勝山邸周辺の店舗の窮状《きゅうじょう》を報告しても、仕方ない、の一言でバッサリ斬り捨てた。

「ここでなくてよかったな。知ってるか？　勝山れいは昔このあたりに住んでいたらしいぞ。デビューした頃は所属事務所がこの近くにあって、同じビルに若いタレントたちを住まわせていたそうだ。彼女の大ヒットで事務所は放送局ひしめくあたりに移転したがな。今となりゃ好都合だ、本社機能が麻痺せず済んだ」

伝わらない。

どんなに言葉を尽くしても、いちばん伝えたいことは、きっと伝わらない。

すず音は対話を諦めて呑《の》み込み、せり上がる思いを体の底へ沈めようとした。

このタイミングで〈二十八夜〉を勝山邸近隣の店舗に納入するなら、悲鳴をあげる現場にさらに鞭《むち》打つような一報を入れなくてはいけない。開発時にすず音がこだわった、一個でも満足感を得られる、ずっしりと持ち重りのするクリーム量も、仇《あだ》に思えてくる。試作の十個入りダンボールの重量感を思い出すと、一度に抱えられる量には限りがあると思われた。いったい何往復を彼らに強いることになるのか。

笹川部長が鼻歌で歌う勝山れいの代表曲〈ふたよ月〉をBGMに、電話口で見えぬ相手に頭を下げ続け、言葉を選び抜いて丁重なメールを何通もしたためる。いくら心を尽くしても、何度経験しても、すず音自身が納得できていない決定を伝えるのは、神経が擦《す》り減った。

終電ぎりぎりまで必死に粘ったが、連絡が取れた関係先はほんの数ヶ所で、どこの対応も渋いものだった。二週間前の難局に手を貸してくれた部署も、今度ばかりは無茶なスケジュールに音を上げ、泣き言に近い現場の苦労話に耳を傾けるしかできないのがもどかしい。同じ思いだけに、やるせなかった。

連絡先リストの九割は、明日の朝からの対応になる。

憂鬱《ゆううつ》な明日など来なければいいと、心から願った。

*

本社の商品開発部に異動してから、すず音が終電を逃したのは二度目だった。

一度目は二駅先の歓楽街でのすず音の歓迎会の時で、手頃なランチのお店や、近所の古いお寺、暗くなったら近寄らない方がよい路地などを教わっている間に終電が出てしまった。気づいてはいたものの、自分のために話してくれていると思うと言い出しかねて、乗り損ねてしまい、同じ方向へ帰る数人でタクシーに同乗した。

職場周辺で終電を逃したのは今日がはじめてだ。

気持ちのせいもあるのか、いちだんと冷え込みを感じる。

改札を出たひとのうち、のろのろともと来た道を戻るのはすず音くらいで、他のひとびとはみな、そこから競歩大会がはじまりでもしたかのように、きびきび出口をめざしていた。不思議なのは、あちこちの出入り口から来たはずのひとびとが、一様に大通り側の出口に向かうことだ。

そのなかに、ひときわ目を惹《ひ》く女性がいた。

真っ黒なドレスに、真っ白なベリーショートの髪が映えていた。

後ろ姿の姿勢の良さはもちろん、ギャザーたっぷりのドレスの裾捌《すそさば》きもうつくしく、黒いエナメルのパンプスが地下通路を蹴《け》り上げるたびに、風を孕《はら》んだスカートが左右にふうわりと揺れた。肩にまとう繊細なレースのショールや、スパンコールのきらめく小さなパーティバッグ、手にしたワイン袋まですべてが黒で統一され、彼女のまわりだけ、空気が凜《りん》と引き締まっているように見えた。

荒野に咲く一輪の白百合に自然と目が吸い寄せられるように、すず音は浮き世離れした空気をまとう彼女を目で追った。

だから、異変に気づくのも、早かった。

上体のバランスが崩れた、と感じた瞬間に飛び出して、抱き止めた。すず音が手にしていたスマホと彼女のワイン袋が通路に落ちて割れ、ワインの飛沫《しぶき》がすず音のベージュのスーツを赤く染めた。

「ごめんなさい！　お怪我《けが》はない？　ああ、申し訳ないわ、お洋服が汚れてしまって」

心配なのは彼女の方だとすず音は思ったが、ぐらついた原因がヒールの踵《かかと》が溝にはまったためと知り、ほっとした。浦瀬《うらせ》霞《かすみ》と名乗ったそのひとは、修理代とクリーニング代を払うと言って聞かず、固辞するすず音の名と連絡先を聞き出した。

「一宮さん、本当に申し訳ありませんでした。非日常の雰囲気を味わいたいばっかりに、履きなれていない靴を選んだものだから、とんだご迷惑を」

「いいえ。捻挫《ねんざ》もしていないみたいですし、ちゃんと歩けて、よかったですね。まさかこんなに並んでるなんて思いませんでしたし」

汚れたジャケットを脱いで腕にかけ、霞を支えて地上に出ると、タクシー乗り場には長い列ができていた。最後尾につくまでに、三十人ほどもいただろうか。あの競歩大会は、終電逃しの猛者《もさ》たちの、知恵の結晶だったと知る。修羅場《しゅらば》は、終電に至る職場の中だけでなく、終電後のタクシー乗り場にまで続いているのだ。乗り合わせるでもなく、ひとりずつを乗せたタクシーが次々と出ていく。近場ではなくて、ある程度距離のある場所へ帰るひとも多いだろう。タクシーが客を降ろして戻ってくるまでにも、時間がめっぽうかかるはずだ。猛者たちを前に、すず音たちのような新参者がタクシーで帰宅できるのは、果てしなく遠い未来のように思えた。

隣に立つ霞が、小さなくしゃみを、立て続けに三回した。

「失礼。ちょっと冷えますね」

彼女の肩を覆うレースのショールは防寒着としては心許《こころもと》ないし、シャツ一枚のすず音も、肌寒さを実感していた。

「よかったら、なにかあたたかいものでも、買ってきましょうか？」

すず音は駅の入り口に並ぶ自動販売機を指差したが、売っているのは冷たい飲み物ばかりで、あたたかいものはない。

ビルばかりが立ち並ぶ街にはひとの暮らしの気配は薄く、終電後ともなればあかりのついている窓はごくわずかだ。飲食店は終電よりも前に店じまいしており、大通りに見えるのは街灯と、すず音の働くビルの一階にあるコンビニ店舗の、常夜灯のように小さな光ばかりだった。

すず音は聞こえないほど小さなため息をつくと、切り出した。

「ちょっと先の店まで、行ってきますね」

「ついていってもいいかしら？　本音を言うと、少し心細くて。昔よく来ていた街だけれど、ずいぶん変わって、まるで知らない場所のようだし」

霞の言葉に頷き、すず音は遠くに見える小さな光を指差した。

「この先に、コンビニがあります。ほんの数分歩いたところです。そこにならあたたかい飲み物も並んでいますし、おにぎりやお弁当もあたためられるし、おでんもあります。カイロも取り扱いがはじまっているはずですから」

霞は、コンビニ、と小さく繰り返すと、しばし目を泳がせて、伏せた。

「ごめんなさい。せっかくだけれど、ああいったお店は、ちょっと入りにくくて」

すず音は、心の底から驚いた。今や社会インフラのひとつに数えられるコンビニに入りにくいと感じるひとがいるなんて、これまで想像したこともなかったのだ。誰かの毎日を少しでもしあわせにできると信じて、がむしゃらに走り続けてきた心の支えが、揺らぐ気がした。

華やかなドレス姿に歩きにくいパンプスで非日常の雰囲気を味わう霞には、簡便さ、手軽さを売りにするコンビニエンスストアは、必要ないのかもしれない。あくせく時間と闘うこともなく、ゆったり流れる時間に身を任せて、きらびやかな衣装に身を包み、華やかな場所や出来事に親しみながら日々を過ごしているのかもしれない。すず音からすると、そんな生活の方がずっと非日常的に思えた。

「ですが他にやっているところがなくて。この時間に営業しているお店はこのあたりにはないんです。遅くまで開いているお店は、二つ先の駅の大きな歓楽街までいかないと。この街にはオフィスと古いお寺しかないんです」

「お寺？　もしかしてそれって、境内に小さな森のあるお寺かしら？」

「森と呼べるかどうか。でも木はずいぶん鬱蒼《うっそう》としています」

「江戸時代からある古刹《こさつ》？」

「たしかそうです」

「そこに、連れていってくださらない？」

霞の目は期待に輝いているが、すず音は気後れする。

こんな真夜中にお寺なんて。少なくともあたたまりたい時にめざすような場所ではないし、下手をしたら肝まで冷えそうではないか。からかわれているのかと思ったが、霞はすず音の示す方向へ、嬉々《きき》として歩いていった。


めざす寺は、駅からもそう遠くない。十分もかからずに道の奥に深い闇《やみ》が見えてきた。寺を囲む木々は、今日のような月のない夜には一段と濃い闇を宿し、その奥へいざなうように、屋根つきのいかめしい門がぱっくり口を開けている。昼でも鬱蒼と暗いその場所に、足を踏み入れたことはない。ましてこんなうすら寒い真夜中に行きたい場所では確実にない。

すず音は子どもの頃の肝試しを思い出した。お寺はいつだって怖かった。昼でさえ漂う死の気配が、闇とともに濃くなる。夜が深まるごとにそれは静かにわだかまって、咽《むせ》ぶほど濃く立ち込めるように感じる。

霞は意に介さないのか、しっかりした足取りは少しも衰えることなく、闇へ向かう。なぜこんな真夜中に寺をめざすのか、たまりかねたすず音は、霞の真意を聞き出そうとした。

「こんな夜更けにお寺に行ってもいいんでしょうか」

「ふつうはあまり行かないでしょうね。行くとしても、こんな丑三《うしみ》つ時をわざわざ選ぶのなら、ある種の目的を持ったひとでしょうし」

それはあの、特別な人形や釘《くぎ》を使うひとのことだろうか。この闇の中で真っ白な装束を着たひとに会ったら、幽霊でも生身の人間でも、どちらでも怖いに違いない。すず音は歓迎会で聞いたことを、うっすら思い出した。

「夜はこのあたりには近寄らない方がいいって聞いた気がします」

「でしょうね。人通りが少ないし。あまり知られたくないところがあるひとには都合がいいのよ」

霞はさも楽しそうに、含み笑いをする。ついてきてしまって本当によかったんだろうか。寺の門までくると、霞は街灯にぼんやり照らされた屋根を仰ぎ見るように体を反らし、くるりと右に九十度、体を捻《ひね》った。

「門の上に、ちょっと傾いた鬼瓦が見えるでしょう。その鬼の睨《にら》む先に、ほら。よかった、まだあって」

霞が指差す先には、路地に光をこぼす、明るい場所があった。胸元で小さく手を叩く霞を見ても、すず音はまだその意図が理解できなかった。

「でも、あそこって」

飲食店ではない。

商店でもない。

宿や休憩のできるような場所でも、もちろんない。

そこは、新聞販売店だった。

通りに面した開口部がすべて開け放たれているせいで、路地にまぶしい光がこぼれていた。そのおおらかな入り口の上部には、古めかしい書体で新聞名が綴《つづ》られた看板が架かっている。

霞は新聞販売店の店先に近寄ると、その場にしゃがみ込んだ。具合でも悪くなったかとすず音が心配して駆け寄ると、霞の視線の先には、大きめの靴ほどの、牛たちが並んでいた。

白と黒のブチ、茶色、黒の、三つの牛の陶磁器らしかった。霞はそのつややかな頭をひとつずつ、指先で撫《な》でる。

「元気だった、あなたたち。何十年ぶりになるのかしら。あのね一宮さん、この子たちが合言葉なの。だけれど、正解はひとつじゃないから安心してちょうだい」

「え、なんの話ですか？」

すっくと立ち上がった霞は、新聞販売店の奥に向かって、大きく声をかけた。

「ごめんくださぁい」

後に続くと、学校の教室のような真四角の部屋の中央に、図工室を思わせる大きな木の机が、どんと据えられていた。教室といっても図工室や家庭科室などの特別教室のような雰囲気で、左右には、チラシや新聞の束が並ぶ作り付けの棚と、事務机がそれぞれ並ぶ。その空間の奥には、店先にいた牛のひとつと同じ白黒ブチ模様の大きなタペストリーが、天井から床までを覆っている。

事務机で作業していた男性が顔を上げた。ところどころ白いものの交じった無精髭《ひげ》と長めの頭髪、襟元《えりもと》が大きく開いた水色のシャツには皺《しわ》ひとつなく、渋めのなかなか素敵なおじさんだとすず音は感じた。ただし、びかびかと朱《あか》いエプロンでなければもっと。鳥居のような朱色のエプロンの胸元には、澤泉《さわいずみ》新聞販売店と白くプリントされ、その下に智朗《ともろう》と金糸で刺繍《ししゆう》が入っていた。

「朝刊ならまだ届いちゃいませんよ」

「いいえ。うしみつ屋さんは、やってらっしゃいます？」

霞の一言にのっそりと立ち上がった智朗は背が高く、手を伸ばしたら天井に軽々と届きそうだった。霞とすず音を、上から下まで疑わしそうな目つきで見る。

「あいにく、限られたお客さんしか、受けてないもんで」

「合言葉なら、存じてますよ」

すうっと霞が息を吸い込む。すず音は、全神経を集中させて、耳をそばだてる。

「但馬牛《たじまぎゅう》。松阪牛《まつさかうし》。神戸《こうべ》ビーフ」

智朗はにやりと口の端《はし》に笑みを浮かべて、タペストリーの端を少しだけ捲《めく》りあげる。事務所のスペースとは違った、つややかな木の床が見えた。

「待ってるわね」

霞は軽く片手を上げて、タペストリーの奥へ滑り込んだ。

「お連れさんもどうぞと言いたいとこだけど、あいにく規則なもんで。ご存じなら、合言葉を」

「ええ、大丈夫です。さっきしっかり聞いていましたから。但馬牛、松阪牛、神戸ビーフ、でしたよね？」

ところが、智朗は片眉を上げて、首を横に振る。すず音は困惑した。さっき霞はたしかにそう言ったはずだ。

「同じ合言葉は、使えねぇ規則で」

「そんな」

他の合言葉など知るはずもない。

すず音の頭に、いっそこのまま帰ってしまおうか、という考えがよぎった。希望通りにここへ送り届けたのだから、霞への義理は果たしたとも言える。ただでさえ今日は疲れ果てているのだし、明日だって楽な一日では到底ない。早く帰って眠るのがなにより大切に思えてくる。少なくとも、このよくわからない合言葉にいつまでも悩んで、貴重な時間を浪費するよりは。

帰ろうと踵を返して、入り口へ一歩踏み出すと、牛の置物が目に入った。

霞は先ほどあの牛を撫でながら、あれが合言葉で、正解はひとつではないと言っていた。

すず音は、智朗を見上げた。

「水牛、乳牛、黒毛和牛！」

智朗は大きく頷いて、タペストリーに手をかけた。

＊

タペストリーの奥は、思わず振り返って見比べてしまうほど、表の事務所とは雰囲気が違っていた。

正面には、樹皮の風情をそのまま残した一枚板のカウンターが据えられ、壁の端に大きな日めくりカレンダーがかかっていた。ステンレスのキッチンスペースの隣に水屋箪笥《だんす》と、扉のない木の食器棚が並ぶ。いくつも重なっているのは小さな土鍋だろうか。客席はカウンター四席の他に、壁に沿ったテーブル席が四つ。重厚な木のテーブルも、いかにも座り心地がよさそうな革張りのひとりがけソファも、老舗《しにせ》の純喫茶か、イギリスの古いパブを思わせる風情で、すず音は胸が躍った。何より心を摑《つか》まれたのは、それぞれの席にともしてある、キャンドルだ。カウンターに座る霞の前はもちろん、誰も座っていない席にも、ひとつひとつコップに入ったティーライトキャンドルが据えられている。

霞の隣に腰かけ、そのやわらかなあかりを見つめていると、はじめての場所なのに、くつろぎを覚えた。

「いらっしゃいませ」

嗄《しわが》れた声に顔を上げると、カウンターの向こうに、口髭を生やした品のよい紳士が立っていた。小柄で髪も口髭も白く、白いシャツに黒い蝶ネクタイをつけている。そのままの方がずっと様になるのに、この秘密の場所の主もまた、店の名が白く刷られた朱色のエプロンをつけていた。金糸の刺繡は、彼が新聞販売店の店主・澤泉氏だと告げている。

すっと差し出されたロックグラスには、琥珀《こはく》色の液体がなみなみと入っていた。お酒はあまり、と辞退すると霞が笑った。

「大丈夫、それ、お茶よ。麦茶」

口をつけると、香ばしくて、ほんのり甘い香りがする。冷たすぎず、口にまろやかになじむのも、すず音にはうれしかった。

「ちゃんと煮出して作ってくれてるの。だから、お味が澄んでいるのね。ここの名物のひとつ。ですよね？」

「ここにお見えになる方は、みなさん、疲れてらっしゃるんでしょう。なんでもない賄《まかな》いの麦茶なのに、なぜだかよろこばれるんです」

澤泉は、うちにはメニューがないので、と前置いて、霞とすず音を交互に見た。

「ご存じかもしれませんが、お出しできるのは小鍋だて、一人前のお鍋です。これはどちらさまも同じお品で、今日は牛肉とクレソンで仕立てています。お好みでシメの一品も承ります。小鉢はこちらからお選びください」

示された一枚の紙に書かれているのは、料理の名前などではなく、たった四文字。

喜怒哀楽とだけ。

驚いたすず音が澤泉を見ると、彼は穏やかに言い添えた。

「あなたの今日が、どんな一日だったか、お選びください」

すず音は、朝から今までを、思い返した。

疲れた、しんどい、辛い、忙しい。大変さや苦労ばかりが思い浮かぶ。少なくとも、喜や楽ではないことはたしかだ。それに何度も重苦しさを感じた。あの重たさは、なんだろう。怒とも哀とも切り分けることが難しい気がする。

「私は、哀をいただきます」

霞がきっぱりと注文したのがすず音には意外に思えた。彼女はおしゃれをして、非日常の時間を楽しんできたのではないのだろうか。パーティや劇場、音楽会などの帰りなのかと思っていたが、喜や楽ならともかく哀とは。澤泉は頷くと、眉根をしょぼんと曇らせた。

「私も昨日今日は哀の小鉢を選んでいますよ。あの方の新しい歌が聴けないかと思うと実に残念で」

勝山れいのことだ。

「〈ふたよ月〉、私もよく聴いていたわ。その後の曲も、全部」

「あの、私はこれをお願いします」

部長の鼻歌を思い出して、話題を遮るように、すず音は、怒を指差した。哀とも怒とも切り離せない感情は、選択肢に近づけようとすると、怒の成分がわずかに多いように感じた。

「それを選ぶとは思わなかったわねぇ」

霞がすず音の顔を覗き込んできた。

「仕事でちょっと。でも浦瀬さんも非日常の時間を過ごされたのに、哀なんですか?」

「非日常にも、いろいろあるのよ」

悲劇でも観てきたのだろうか、とすず音は想像した。

それぞれの前に、お銚子と帽子の形をした箸置《はしお》きと黒の塗り箸が用意され、ほどなく、すず音には白、霞には水色の小鉢が、据えられた。

すず音の小鉢は、花をかたどった白い器に、赤い和えものが盛り付けてある。

細切りの肉とサイコロ状のトマトが、真っ赤なソースで和えてあった。ソースの赤には、透明感のある明るい赤の油の部分と、味噌を思わせる赤褐色の部分がある。ところどころ緑の葉がのぞき、勾玉《まがたま》のような形のものが、透明な赤いソースをまとい、つややかに光っていた。

すず音は箸先で味噌のような部分をぽっちりすくい取り、勾玉に載せて、口へ運んだ。

辛い。ちりちりとした、痛みにも似た鮮烈な辛みを感じ、嚙《か》むごとにうまみと濃厚なコクが広がる。勾玉の正体はカシューナッツらしい。煮込んででもいるのだろうか、ナッツ特有のカリカリした食感ではなく、ほっくりやわらかくて、甘みがじんわりにじんでくる。鮮烈な辛みは後を引くことなく、のどを通る頃には、夏の終わりの夕風のように、するりと吹き抜けていた。

食べ進めるうちに、透明な部分が辛く、味噌のような部分にうまみが潜んでいるとわかってくる。肉とソースのうまみが絡み合い、トマトの酸味と緑の葉が辛みに奥行きを与え、カシューナッツのほの甘さが辛さをいなす。口の中で生まれる熱が体の奥へ向かって、ぽっぽっとキャンドルがともされていくようだった。

ひりひり。チリチリ。こういう思いをいくつも抱えたと、箸を進めながらすず音は感じていた。

本当は、怒りたかったのかもしれない。

後輩の高清水の言葉が、〈二十八夜〉はもうヒットを望めないと言っているように感じた時も。

上司の笹川が、無理を承知で難題を押し付けてきた時も。

そして彼が、大変な思いをする仲間たちのことを聞いても、自分たちには影響がなくてよかったと、身勝手に安堵《あんど》した時も。

すず音は、怒っていた。

小さな理不尽の積み重ねに、こんなふうに、ひりひり、チリチリしていた。

小鉢の辛さが、その思いをなぞって教えてくれているようだった。

ふと隣を見ると、水色の小鉢に添えられた霞の指が、小さく震えていた。

霞の哀の小鉢は、白とベージュのグラデーションに、緑色が映える。すず音のとは見た目も、使われている素材も違うようで、色も質感もさっぱりとして見えた。

「そちらもおいしそうですね。私のは辛くて。食べてみて、そうだ私怒ってたって、気づきました」

「一日の味といっても、ここへつながる昔のことまでいろいろ思い出してしまうわ。あなたのはいかにも辛そうね、こちらは酸っぱいの。白髪ねぎと、油揚げの細切り、お肉と、この緑のはなにかしら、ご主人？」

「クレソンですよ、クレソンのおひたし。どちらの小鉢の緑もそうです。哀の小鉢は土佐酢《とさず》、怒の方はラー油と豆板醤《トウバンジャン》で味付けを。お口に合いましたか」

おいしいわ、と答える霞の声が、先ほどよりもかぼそく聞こえた。

「クレソン、私の友達も大好きだったの。こんなにおいしいクレソンならさぞよろこんだと思うわ。昔は今みたいにどこででも手に入るわけじゃなかったから、毎日クレソンが食べられたらいいのにってよく話してた。私たち本当の姉妹みたいに仲がよかったの」

「おいしいですね。そのクレソン好きのご友人も、いつか食べられるといいですね」

「そうなればどんなにかいいでしょうね」

霞は、小鉢の最後の油揚げを口に含んで、酸っぱい、と呟いた。

「亡くなったのよ、彼女。私、通夜の帰りなの」

すず音は箸を取り落とした。それにしては華美な服装にも思えたが、非日常とは、そういうことだったのだ。どんな言葉をかけたらいいか、すず音にはわからなかった。

「いざ出かけたのはいいけれど、会場に入る勇気がなくて。結局外から一部始終を見守って、この街まで歩いてきたの。明日の葬儀も行く勇気ないわ。気付けのつもりで買ったワインも割れてしまったし。昔、私をここに連れてきてくれたのは彼女なの。だけどその夜が、一緒にとった最後の食事だった。私たち、別々の道を歩くと決めてしまったから。ごめんなさいね、しんみりして。ひとりで帰ったあの夜の暗さを思い出してしまって」

「夜の暗さも、大切です。夜の闇や気持ちの闇でしか受け止められないことがありますから。闇が等しく包み隠してくれるからこそ、落ち着くものも、見えてくるあかりも、あるものです」

かすれた澤泉の声が、いっそう愁《うれ》いを帯びる。

「いや失礼、お客さまに、差し出がましいことを申しました。あたたかいお茶はいかがですか」

澤泉が淹れてくれたのは、黒豆茶だった。炒《い》った豆の香ばしさと、ほんのりとした甘みがしみわたる。すず音は、このぬくもりが霞をやすらがせてくれたらいいと願った。


タペストリーが捲られ、事務所から智朗たちが、どやどやと入ってきた。

「親父、朝刊の到着がいつもより遅れるらしい。亡くなった歌手がらみでこんな時間でもまだ迂回《うかい》だの渋滞だのがあるってさ。俺、小鉢は楽で！」

すず音の隣にどっかりと座った智朗のほか、学生のような若者や、中年の女性、澤泉より年嵩《としかさ》の年配者など数人が、それぞれ喜怒哀楽を口にする。澤泉は、白と水色のほか、桜色と黄色の小鉢に、料理を盛り付けた。鼻先をカレー粉のようなスパイスの香りがかすめ、すず音と霞は、澤泉の手元を覗き込む。

「他の小鉢はどんなお味なんです？」

「楽はカレー粉とクミンの、スパイス味です。クコの実を加えて、風味を楽しく。喜の方は、クリームチーズと味噌です。体もよろこぶ発酵食品をと」

感心したふうに、霞が何度も頷いた。先ほどに比べると、落ち着きを取り戻したようだった。

澤泉がひとり用の土鍋をいくつも火にかけるのを見ながら、すず音は訊《たず》ねた。

「ここ、会員制のクラブかなにかなんですか？　合言葉も必要だし」

「いえ、ご覧のとおり、新聞販売店ですよ。従業員向けの食堂です。ただ、このあたりにはこの時間にやっている場所がないので、ご事情を抱えた方が時折お見えになるんですよ。最初にいらした方は、真っ白なお召し物で、お隣の寺の門前で泣いてらっしゃいましてね。見兼ねてお誘いしたのが、事の起こりです。なんでもお仕事で理不尽なことがあったそうで。方向転換を迫られて、悩んでおいででした。その日の賄いの常夜鍋《じょうやなべ》をお出ししたら、たいそうよろこばれましてね」

常夜鍋とは、豚肉やほうれん草を出汁《だし》で煮たもので、毎日食べても飽きないからとその名がついたそうだ。ひとり用の鍋というのもよかった。あたたかく滋養のある鍋にひと心地ついたその最初の訪問者の案で、この場所を知る限られたひとに、食事を提供する場が生まれたという。

「最初は、うらめし屋って呼ばれましてね。寺の裏、事務所の裏だからと。それじゃあんまりなので、丑三つ時に開いてるから、うしみつ屋と」

「私が教わった時はもう、うしみつ屋だったわ。営業中を示す表の牛たちと、三つの牛の合言葉があって。合言葉は牛ならなんでもいいって」

「ええ、牛タンとかカルビとか、部位名をおっしゃる方もいます」

「ずいぶんおおらかな合言葉なんですね」

すず音が思わず笑うと、澤泉は、温和な笑みを浮かべた。

「おひとりおひとり、同じ出来事を過ごしても受け取り方は異なりますから。牛ひとつとっても注目する箇所はそれぞれでしょうし。ひとつしか正解がないなんて、誰かの考えに無理に縛り付けるようで、窮屈ですから」

土鍋の蓋《ふた》についた小さな穴から、湯気が勢いよく上がっている。くつくつとした音が、朗らかな笑い声のように聞こえた。

「さあ、頃合いです。お熱いですから、気をつけて」

鍋敷きが置かれ、土鍋が載せられ、笊《ざる》が添えられる。笊には少しの牛肉と、緑の鮮やかなクレソンがたっぷり盛られていた。

澤泉が土鍋の蓋を取ると、湯気がほわっと立ち上る。すず音は小さく歓声を上げた。

土鍋の円《まる》い輪郭をなぞるように牛肉が広がり、真ん中に刻んだクレソンがこんもり載せてある。牛肉はひたひたにスープに沈み、その蒸気でクレソンの緑がいちだんと深みを増している。

「追いクレソンは、お好みでどうぞ。クレソン特有のぴりっとした辛みと苦みは火を通すとやわらぎます。あの風味がお好きならさっと、お得意でなければじっくり汁に沈めて、お召し上がりください」

すず音はレンゲを持ち上げて、スープをすくった。

芳醇《ほうじゅん》な香りが鼻先に届き、熱いスープが口に流れ込んでくる。牛肉の力強さを研ぎ澄ませたようなスープは、一口ごとに活力が流れ込んでくるようだった。薄切りの牛肉はやわらかく、クレソンの風味とよくなじんで、食べるごとに生気が満ちていく。笊から取った牛肉をスープに浸すとその肌がほんのり桃色に変わり、さっとスープにくぐらせたクレソンの清冽《せいれつ》な風味と合わせると、格別なごちそうになる。

レンゲを口に運ぶたび、すず音の身の内には、ささやかな自信や安堵のような、穏やかで満ち足りた感覚が少しずつ取り戻されていった。

すず音は、先ほどの小鉢と小鍋だてが、同じ材料でできていると気付いた。辛みとともに味わった肉は、これと同じ牛肉だったし、緑の葉はクレソンだと聞いた。他の小鉢もきっと同じなのだろう。

同じ材料でできた料理なのに、それぞれの小鉢と小鍋だての印象は、まるで違っていた。

カレンダーではどれも同じ一日でも、ひとによってその過ごし方、感じ方は異なり、それぞれの喜怒哀楽の味付けが施される。

こうして一日を味わい締めくくった後に出会う小鍋だては、「ひとつしか正解がないなんて窮屈だ」と言った澤泉が見せてくれる、大きな広がりのように思えた。限られた材料がつくる味わいは、自分次第で、どのようにも変えられる。

それはすず音の気持ちに余白を与え、一歩深く気づかせてくれる。怒りの矛先《ほこさき》は上司や後輩だけじゃない。なにより、対話を諦めて、呑み込もうとするすず音自身に向いていた。

今日がどんな味わいの一日であっても、次の一日の味わいは、新しく変えられる。できることは、まだあるはずだと思えた。


「私、明日、もう少しだけがんばれるかもしれません」

すず音がそう呟くと、霞が包み込むような眼差しを向けた。

「それはよかったわ、がんばってらして。その余地があるんだもの。私も、と言いたいところだけど、相手がいなくなってしまっては、過去はもう変えられない。どうやっても仲直りの余地はないから」

澤泉が手を止めて、霞をじっと見た。

「ですが、お友達はあなたの歌声が好きでしたよ。私も」

霞が目を見開いた。

「気付いてらしたの？」

「クレソン好きのお友達とここへいらした夜が、お二人での最後のお食事だったと伺って、思い出しましたよ。その後お友達がレコードを持ってこられて、よく聴かせてもらいました。寺の門前で泣いていたその方と違って、あなたは理不尽にも負けぬと、誇っておいででした。古い外国映画の曲がお好きでしたね。『雨に唄《うた》えば』の〈グッド・モーニング〉が特に」

そのミュージカル映画は、勝山れいにすすめられた時にすず音も観た。行き詰まり、夜を越したひとたちが、新しい一日と妙案の到来を祝福する場面で歌われる曲だ。

「浦瀬さんは歌い手さんなんですか？」

「遠い遠い昔はね。事務所の方針転換にごねて、やりたいことをやった結果、消えた方の歌い手よ。今はコンビニの店長」

「コンビニって。さっき『ああいったお店は入りにくい』って」

「だって日常の空間に入ったら、魔法が解けちゃうじゃない。今日くらいは元歌手の非日常に浸りたかったのよ。同じところに立っていたのに、かたや国民的歌手、こちらはコンビニ店長だもの」

「それってまさか」

友達とは、勝山れいのことか。すず音がそう訊ねる前に、霞は口の前に指を一本立てた。

「だけどね、コンビニ店長だって捨てたものじゃないのよ。おいしい新商品がどんどん出てくるし、たまには発売前のを試食させてもらえたりするの。事情があって詳しくは話せないんだけど、今度出るお菓子なんてすごいのよ、お芋と栗のクリームがずっしり詰まったお菓子でね。あのクリームの量！　うちのチェーンの開発さんってセンスがいいんだわ。この仕事はね、日々のしあわせをみなさんに届けられるの。私の誇りよ」

誰かが誇りに思ってくれている。

すず音の視界が潤《うる》み出す。こぼれ落ちないようにまばたきを、必死に堪《こら》えた。

澤泉は、すず音と霞の鍋の中を覗き込み、クレソンの束を手にした。

「お腹の具合がよろしければ、シメの一品をいかがですか。ごはんを入れて雑炊でも、焼き餅《もち》を入れた雑煮でもおいしいですが、フォーも乙です」

霞は餅を半分、すず音はフォーを選んだ。澤泉は餅とフォーの準備をしながら、クレソンを水に浸した。

「クレソンは、朝晩の寒暖差があると、おいしく育つそうですよ。水が好きだから、しおれやすくて、あまり日持ちもしません。だけど山葵《わさび》と違って、きれいな水じゃなくても、ちゃんと育つんだそうですよ。うちで使うクレソンは、山梨の農家の方が送ってくださるものです。よくいらしてたある方のご実家で、元は違う作物を育ててらしたのを、クレソンに転向したそうです。どうしても食べさせたいひとがいるからと。なかなかお忙しい方でしたが、休みのたびにご実家に戻って、クレソンの世話をしていたと聞きました。いつか、かつての友に食べてもらうためにと」

小鍋にスープが注ぎ足され、焼いた餅と茹《ゆ》でたフォー、クレソンがあしらわれる。

生命力を宿すスープを吸い込んで、フォーがすず音をじんわりとほぐす。霞は餅にクレソンをまとわせ、目を閉じて、味わっていた。

「きっと今、念願叶って、よろこんでらっしゃるでしょう」

澤泉が満面の笑みを浮かべる。反対に、霞の目は、潤んでいた。

「こんなこと、あるのね。とっくに縁が切れたと思っても、時間や場所が離れても、心がつながるなんて」

「ありますよ！」

すず音は力強く言った。それは先ほど、霞自身が教えてくれたことでもある。今日までは見知らぬ間柄だった二人を〈二十八夜〉がつないでくれていたのだから。

明日は葬儀に行くわ、と霞のくぐもった声が告げる。

「いいことをお教えしましょう。うちの入り口にある三つの牛たち、合言葉とは別に、愛称があるんですよ。うちの従業員たちが付けたんです」

忙しく鍋をかき込んでいた数人が、ふと顔を上げ、にやりと笑う。

視線で促され、すず音の隣で肉をほおばる智朗が、口を開いた。

「いろいろあるけどね。危うしとか影ぼうしとか。だけど、憂し満つ時に対抗するんならって、うちで人気があるのは、この三つ。浮かれちょうしと、上りぢょうしと、トントンびょうしだ」

「店を出る際にはきっとその牛たちが、あなた方を見守ってくれますよ」

すず音と霞は微笑み合った。

霞が箸置きを指差す。おちょうしとぼうし。これもまた、牛にちなんだ洒落であったらしい。

不意に従業員のひとりが立ち上がり、タペストリーの向こうを覗いた。

「明日が来たよ」

従業員たちが駆け出していき、トラックからバケツリレーのように積荷を下ろす。朝刊が、大きなテーブルにどんどん載せられていく。タペストリーの隙間から、新しい一日の気配が流れ込んでくる。

ここには、どこよりも早く、明日が訪れる。

澪泉が、壁にかかった大きな日めくりカレンダーを、破り取った。

真新しい一日が、目の前に広がるように思えた。

深夜に二人で背脂ラーメンを

友井 羊

友井 羊（ともい・ひつじ）

1981年群馬県生まれ。第10回『このミステリーがすごい！』大賞で優秀賞を受賞した『僕はお父さんを訴えます』で、2012年デビュー。著書に、「スープ屋しずくの謎解き朝ごはん」「さえこ照ラス」の各シリーズのほか、『ボランティアバスで行こう！』『スイーツレシピで謎解きを』『魔法使いの願いごと』『映画化決定』『無実の君が裁かれる理由』『100年のレシピ』など多数。

1

スマホの明かりが、蛍光灯の消えた部屋を照らす。液晶の光が眠りを妨げるのはわかっている。だけどベッドに入っても全く眠くならず、田中誠《たなかまこと》は深夜十二時になってもスマホをいじっていた。

ＳＮＳのタイムラインを更新したけど、相互フォローの相手は誰も新しく書き込んでいない。もうみんな寝ているか、ネットから離れているのだろう。誠は「小腹が空いてきた」と新規投稿をした。フォロワーが読むのは朝以降になるはずだ。

さすがにもう寝よう。電源ボタンを押すと部屋は真っ暗になった。

目を閉じてしばらく待つけれど、眠気は全くやってこない。

不眠は三週間も続いている。ようやく眠れるのは明け方になってからだ。しかも眠りは浅く、嫌な夢で起きてしまう。そのせいでここ最近、授業にもレポートにも集中できない。

きっと今夜も同じなのだろう。あきらめかけた直後、スマホが短く鳴った。メッセージアプリの着信音だ。暗闇《くらやみ》に緑色のランプが明滅する。

ディスプレイを確認すると、佐々島昇一《ささじましょういち》と表示されていた。

アプリを開き、メッセージを確認する。

『今から一緒にラーメン食いに行くぞ！』

「は？」

誠は目を疑う。無視しようかと考えたが、既読機能で読んだことは相手に伝わっている。人気のキャラが『は？』と言っているイラストを送ると、すぐに返信が届いた。

『最近不眠って言ってたよな。腹が減っているならラーメンだ』

昇一は同じ大学のフットサルサークルの仲間で、誠と同じ二年生だ。サークルメンバーでは一番仲が良く、不眠が続く誠の体調を誰よりも気遣ってくれている。

『いやいや、何時だと思ってるんだよ』

『もう向かってるから』

『マジで？』

昇一は自由な性格で、突拍子もないことをしては周囲を盛り上げるムードメーカーだ。そのわりに優秀で頭脳は学部でもトップクラスだという。

こんな夜遅くにラーメンなんて、酔っ払っているのだろうか。誠は半信半疑ながら、ベッドから起き上がって照明を点《つ》けた。その瞬間、眠ろうという気持ちは、お祓《はら》いでもされたみたいに消え失せた。

十五分後、昇一からメッセージが届いた。

『わたし、あなたの家の前にいるの』

『メリーさんかよ』

カーテンを開け、二階の窓から家の前を見下ろす。すると街灯に照らされ、昇一が立っていた。

「本当に来やがった」

誠は急いでパジャマから着替え、グレーのチェスターコートに身を包んだ。そして部屋の暖房を切り、母を起こさないよう玄関を出る。

一月半ばの深夜は刺すような寒さだった。ダウンジャケットを着た昇一が右手を上げる。短髪はニットの帽子で覆われていた。

「よお」

「飲み会の帰りか？」

互いの吐く息が白くなる。長身の誠が向き合うと、小柄な昇一を見下ろす形になる。

「いや、俺も眠れなくてさ。腹が減ったと思っていたら誠の投稿を見つけて、急にラーメンを食べたくなったんだ」

誠は実家暮らしで、地元の国立大学に進学した。昇一は他県出身で、進学に合わせて一人暮らしをしている。アパートは誠の家から歩いて十五分ほどだ。

「理由はわかった。でも、どうして俺を誘うんだ」

こんな時間にラーメンなんて健康に悪いし、炭水化物も脂質も明らかに摂り過ぎてしまう。すると昇一がにやりと口角を上げた。昭和の俳優みたいな濃い顔立ちだが、笑うと急に人懐っこい印象になる。

「二人で罪悪感を分け合うんだ」

昇一がくるりと方向を変えて歩き出した。このまま見送ることもできる。だけど胃が食べ物を求めていたし、ベッドに戻っても眠れるとは思えない。

何より深夜のラーメンは魅力的だった。熱々のスープに歯切れの良い中華麵《めん》、チャーシューやネギ、メンマの味を想像する。きっと罪悪感に苛《さいな》まれるだろう。だけど同時に代えがたい多幸感を味わえるはずだ。

「わかったよ」

誠は白旗を揚げ、先を行く背中を追いかける。軽く振り向いた昇一は、してやったりという風に目を細めていた。

住宅街の夜道を街灯が照らし、夜空には月が浮かんでいる。数十メートルで指先は冷え切り、剝《む》き出しの耳の感覚がなくなってきた。

「どの店か決めてあるのか？」

昇一は駅の北方面に向かっていた。誠の住む街はそれなりに栄えていて、夜中に営業しているラーメン屋は駅周辺に集まっている。

「のぞみ亭《てぃ》だ」

「正気か？」

のぞみ亭は背脂《せあぶら》チャッチャ系と呼ばれるこってりラーメンの店で、駅から北に七百メートルほど離れた場所に店を構えている。中太麺と豚骨スープに合わせ、仕上げに振りかけられる豚の背脂が最大の特長だった。

半固形状の背脂が丼を覆い、スープにコクを与える。さらに麺に絡みつき、滑らかな食感と甘みも生み出す。極めて中毒性の高い味なのだ。のぞみ亭は東京の人気店で修業した店主が営んでいて、この街でも長年親しまれている。

「どれだけカロリーがあると思っているんだ」

誠と昇一は普段から、体形維持に気を遣っている。

昇一は筋トレが趣味で、身長百六十センチながら百八十センチの誠より体重が多い。試合では小型戦車を思わせる突進力を発揮している。

一方の誠は痩《や》せ形でひょろっとしていて、長い脚がフットサルでの最大の武器だ。そして細身のスタイルを自分でも気に入っている。

体形を維持するために、誠と昇一は普段から食事を気にしている。飲み会でも揚げ物や炭水化物にはなるべく手を出さない。日常における食の傾向が似ていることがきっかけで入学後に仲良くなったのだ。

ただし我慢をしているだけで、高カロリーな食べ物は大好きだ。特に二人ともラーメンには目がない。食事制限と激しい運動の果てにできるたまの贅沢《ぜいたく》だからこそ、いざ食べるときは入念な調査と厳選を重ねて店を決めている。

それなのに今、夜中にラーメンを食べようとしている。それも背脂チャッチャ系だなんて許されざる暴挙だ。明日の体脂肪率がどうなることか、体重計に乗るのが恐ろし過ぎる。

だが昇一が真剣な顔で答えた。

「深夜にラーメンを食べると決めたんだ。あっさり系でお茶を濁《にご》すなんて馬鹿げている。どうせならこってりした味を堪能しようぜ」

昇一の覚悟は完全に決まっているようだ。だが誠はこのまま進むことに抵抗があった。どう話を切り出すか迷ううち、住宅街を抜けて大通りにやってきた。片側二車線の県道は夜中でも交通量が多く、乗用車やトラックが行き交っている。

「そういえば昇一、ここ最近大学で見かけないな」

「フィールドワークで忙しくてな」

「大変だな」

社会学部だから実地調査が必要なのだろう。大学二年も終わるため、学ぶことの内容も専門性が高くなる。でも経済学部の誠とは学部が違うので、互いに何を学んでいるかわからない。勉強なんかより話すべき他愛《たあい》ないことは無数にあるのだ。

スーツ姿の酔っ払いが歩いてくる。千鳥足で見るからに危なっかしい。狭い歩道ですれ違うとき誠は視線を逸《そ》らし、昇一は酔っ払いを目で追っていた。

「この前の事情聴取は貴重な経験だったな」

「……警察との会話なんて緊張したよ」

酔っ払いを見て思い出したのだろう。三週間前の昨年末、市内の公園で男性が死亡した。亡くなったのは牧原悦夫《まきはらえつお》という五十五歳の会社役員で、死因は石階段からの転落だった。

現場は古墳公園と呼ばれ、駅前の繁華街から近い小高い丘にある。豊富な緑やベンチがあり市民の憩いの場になっている。難点は急な石階段を上る必要があることだ。そして牧原は東西南北にある階段のひとつである南階段の下で、遺体となって発見されたのだ。

遺体が発見される少し前、昇一と誠は牧原とほんの少しだけ関わった。そのため警察から事情を聞かれることになったのだ。

最終的に事件性はなく、事故と判断されたと聞いている。

誠の不眠は、牧原の死を知った日からはじまった。

あの日、誠と昇一は所属するフットサルサークルの忘年会を楽しんでいた。午後十時過ぎ、一行は駅前にある安居酒屋から出た。夕方から降りはじめたみぞれ雪は、いつの間にか止んでいた。

サークルの面々が居酒屋の前でたむろする。お手洗いから戻らないやつ、会計中の幹事、次の店を話し合う連中など、うだうだする時間が誠は好きだった。

そこに険のある声が割り込んできた。

「邪魔なんだよ！」

道路の真ん中で中年男性がにらんでいた。ライダースジャケットを着た五十代の男性で、オールバックが艶《つや》やかだ。威嚇《いかく》するように前傾姿勢を取り、顔が赤く目が据わっている。

「すみません」

サークルの面々が道を塞《ふさ》いでいるのは間違いない。酔っ払いの近くにいた昇一が謝り、慌てて道を空けようとした。すると酔っ払いが昇一めがけて突っ込んできた。

酔っ払いは比較的小柄だったが、昇一はさらに背が低い。だから侮《あなど》っていたのだろう。しかし昇一は筋肉の塊《かたまり》なのだ。肩がぶつかった瞬間、酔っ払いは弾き飛ばされた。そして道路脇に積まれた段ボールを巻き込んで転んでしまう。

「大丈夫ですか」

昇一が駆け寄って手を差し伸べるけれど、酔っ払いははねのけた。

「クソガキが」

酔っ払いがよろめきながら立ち上がる。だが視線を逸らし、それ以上絡もうとしない。衝突の瞬間、筋肉量の差を思い知ったのだろう。酔っ払いはふらつきながら去っていった。遠ざかる背中を眺めながら、昇一が申し訳なさそうにつぶやいた。

「悪いことしちゃったなあ」

「道を遮った俺たちも悪いけど、あの酔っ払いもビールの飲み過ぎだよ」

誠と昇一は協力して崩れた段ボールを片付ける。作業を終えると、サークルの会長が記念写真を撮るぞと手招きしてきた。

会長が通行人に撮影を頼み、みんなでスマホに笑顔を向ける。集合写真はＳＮＳで共有した。その後、昇一はカラオケに参加し、誠は飲み過ぎたと説明して帰ることにした。

その翌々日の朝、牧原悦夫の死亡記事が地元紙に掲載される。普段新聞を読まない誠は、公園で遺体が発見されたと母から知らされた。サークルの面々が警察から事情を聞かれたのは、その次の日のことだった。


県道の交差点を渡ろうとすると、目の前で歩行者信号が赤になった。

大通りの南方向にホームセンターの看板が見える。誠は駅を利用するとき、必ずあのホームセンターの前を通る。昇一はそちらを眺めながら口を開いた。

「誠は忘年会の後、カラオケに来なかったよな」

「飲み過ぎたから帰ったんだ。たしかみんなは駅前のカラオケボックスに行ったんだよな。それがどうしたんだ？」

「あの日は寄り道せずに帰ったのか？」

突然の質問に、誠はつばを飲み込む。

「ああ、そうだけど」

「帰りに変わったことはなかったか？」

「別に何も」

誠は嘘《うそ》をついていた。忘年会の後は真っ直ぐ帰っていない。飲み過ぎたと誤魔化《ごまか》して、別の目的のためにカラオケに参加しなかったのだ。

なぜ昇一はホームセンターを見ながら、こんな質問をしてきたのだろう。意図がわからなかった。まさか誠があの日、何をしたのか気づいているのだろうか。だが知る手がかりなどないはずだ。今の会話は単なる雑談に決まっている。

「さあ、行くか」

信号が青に変わり、二人で県道を横断する。

誠は渡り切ると県道の先に目を遣った。

「そういえば向こうに家系ラーメンの店があったよな。今日はそっちにしないか」

「なるほど、その手があったか」

家系は横浜《よこはま》発祥のラーメンのジャンルで、豚骨醤油《しょうゆ》スープに鶏から抽出した油脂を加えた濃厚な一杯だ。短めの中太麺にチャーシューと海苔《のり》、ほうれん草という構成が基本で、ライスとの相性が抜群なのだ。県道沿いにはロードサイド型店舗があり、配送業者や仕事帰りの会社員で夜遅くまでにぎわっている。

だが昇一は眉間に皺《しわ》を寄せた。

「家系も捨てがたい。でも今日は背脂に決めたんだ」

「そのこだわりは何なんだ」

昇一が力強い足取りで一歩踏み出す。どんな情念が背脂へと突き動かすのか全く理解できない。誠はがっしりした背中を追いかけるしかなかった。

2

県道を越えるとマンションや商業ビルが増えてくる。

自動販売機がぼやっと光っていた。ホットドリンクを買うか迷ったけれど、ラーメンをすったときの感動を増やすためにやめておいた。

「こんな夜中に出かけて、誠の家族は何も言わなかったか？」

「誘っておいて今さらだな。お袋は寝ているから黙って出てきたよ。親父は家にいない。今は田舎《いなか》でのんびり過ごしているんだ」

「そうだったのか。初耳だよ」

「色々あってな」

誠がはぐらかすと、昇一は根掘り葉掘り聞いてはこなかった。言う必要はないのに、つい口を滑らせてしまった。最近ずっと頭の片隅にあったせいかもしれない。

誠の父は二ヶ月前、会社を自主退職した。仕事のミスで会社に大損害を与えたことで、自ら責任を取ったのだ。無職になった後、様子がおかしかったので診察を受けさせると鬱病《うつびょう》と診断され、現在は遠く離れた生家で両親、つまり誠の父方の祖父母と一緒に静養をしている。

誠の母は正社員として働いていて、貯蓄もあるらしいので生活には困っていない。別居しているが夫婦仲も問題ないようだ。

「あっ」

昇一が突然走り出し、かがんで何かを拾い上げた。近寄ると、手袋を持っていた。ベージュを基調とした落ち着いたデザインで、周囲を見回すが片方しかない。昇一は手袋をガードレールの上に載せる。捜している人がいたら見つけやすいはずだ。

「親切だな」

「誠の真似《まね》をしただけだよ」

「俺の？」

「覚えていないのか。一年生の初めに同じことをしていたぞ。あのときは幼児用の靴だった。当然のことのように行動する誠を見て、絶対にいいやつだって思ったんだからな」

「記憶にないな」

いいやつなんて言われる資格はない。誠の背中にざわざわと黒い何かが這《は》うような感触があった。最近寝ようとするたびに襲ってくる。

誠は友人の横顔を見る。

鼻先を赤くしながら、ラーメン屋を目指して前を向いている。

なあ、昇一。牧原悦夫は、俺のせいで死んだんだ。そう打ち明けたい衝動に駆られる。だけど言葉は喉《のど》の途中でつかえた。

十字路を曲がると、屋台が目に飛び込んできた。

赤提灯《あかちょうちん》に中華そばと書かれている。寒空の下、ビニールカーテンの向こうで客がラーメンをすすっている。白髪頭《しらがあたま》で高齢の店主は仏頂面で、黙々と麺上げをしていた。

「なあ、醬油ラーメンにしないか」

「ううむ」

昇一も赤提灯に目を奪われている。入ったことはないが、この屋台の噂《うわさ》は聞いている。まさか遭遇するとは思わなかった。たまにしか現れないことから幻《まぼろし》の味と言われていて、店主は屋台一筋五十年の大ベテランなのだそうだ。

東京風の鶏ガラ醬油スープは上品ながら旨《うま》み充分で、中細縮れ麺との相性は完璧なのだという。チャーシューやメンマ、ネギに加えてナルトが載っているのもポイントが高い。近年は多種多様なラーメンが世に出回っている。だがどこか懐かしさを感じさせるあっさり醬油ラーメンも魅力的だった。

「どうだ。ラーメンのなかでもカロリーは控えめだ」

昇一が目を強く閉じる。表情から葛藤《かっとう》が伝わってきた。この日を逃したら、いつまた屋台に出会えるかわからないのだ。

昇一が目を開け、拳《こぶし》を握りしめた。

「あっさりし過ぎている。初志貫徹するぞ。背脂が俺を呼んでいるんだ」

高カロリーは譲れないらしい。

誠は後ろ髪を引かれながら、屋台の前を通り過ぎた。


のぞみ亭は徐々に近づきつつあった。児童館の脇を抜けると地元新聞社のビルが見えた。年季の入った建物は昭和の雰囲気を漂わせている。

昇一が新聞社の看板を見上げた。

「新聞によると牧原悦夫は、不動産関連会社の役員だったらしいな。俺はここの生まれじゃないから詳しくないけど、地元では大きな企業みたいだな」

「かなり有名だな」

この街の住民なら、牧原が勤めていた会社のことは大抵知っている。駅前に巨大な本社ビルが立ち、市内に名前を冠したビルを多く所有している。地元の不動産に関するあらゆることに手を広げ、一戸建てやマンションの施工と管理、投資などを行う子会社を複数抱えていた。

「誠の親父さんの仕事も不動産関連だったよな。牧原とも面識があったのかな」

「働いていたのは子会社だったはずだ。だけど牧原と知り合いだったかなんて、息子の俺が知るはずないだろう」

「それもそうだな」

誠はまた嘘をついた。父と牧原は知り合いだった。そして誠は、牧原の顔を以前から知っていた。父と一緒にいるのを、街中で見かけたことがあるのだ。

誠は昇一の言動に疑問を覚える。

昇一は突拍子もないことをするが、気配りを欠かさない。誠は父が田舎で休んでいると伝えたばかりなのだ。普段なら話題を避けるはずだ。

「牧原の評判は最悪みたいだな。ゼミの仲間がバイト先で理不尽に怒鳴られたらしい。でも地元の有力企業のお偉いさんだから、バイト先の社員も逆らえなかったそうだ」

「ひどいやつだな」

牧原の性根の悪さも知っている。なぜか子会社の一社員でしかない父に目をつけ、上下関係を利用して小間使いのように扱っていたのだ。父は牧原から連絡があると、夜中でも休日でも命令に従っていた。

「古墳公園の北側にあるお屋敷があいつの自宅らしいな。前からすごい家があるなと思っていたんだよ」

古墳公園の北階段を下りてすぐのところに立つ高い塀の屋敷が牧原の住まいだった。つまり自宅の近くで亡くなったことになる。

「俺たちが絡まれた居酒屋の前を出発すると、牧原の自宅に行く途中に古墳公園があるわけだな。きっと帰宅途中に通ったんだろう。金持ちなんだからタクシーを使えばいいのにな。でも聞き込みをした限りだと、かなりのケチだったみたいだ」

「おい、待て。聞き込みだと？」

聞き捨てならなかった。だが昇一は平然と答えた。

「少しでも縁のあった相手が、会った直後に亡くなったんだ。それで気になって調査しようと思い立ったんだ。関係者を探すのには骨が折れたよ」

「まさかフィールドワークって」

「ああ、このことだ」

社会学の研究ではなく、牧原を調べていたというのか。

「何を考えているんだ」

「多くの人間が牧原を悪く言っていたよ。だけどバイタリティが旺盛《おうせい》で、実行力はずば抜けていたらしい。パワハラ気質のくせに、不思議と多くの人間がついてきたみたいだ」

誠の父もなぜか牧原を慕っていた。

牧原の理不尽な命令も、仕事のうちだからと言い訳しながら受け入れ、言いなりになっていた。電話口で怒鳴られて畏縮《いしゅく》する父を見るのは辛かったし、それ以上にまれに牧原に褒められると有頂天になる姿は見るに堪えなかった。

「それと牧原は家族は大事にしていたらしい。娘さんが小学生の頃に作ったキーホルダーを大切にしていたみたいだ。酔っ払うと満面の笑みで自慢してくるそうだ」

キーホルダーのことなら父から聞いたことがある。レジン製の透き通った赤黄青の星が三つ並んだデザインで、溺愛《できあい》する娘がキットで手作りしたという。

昨年の夏のことだ。牧原はビールが好きだが酒に弱く、飲むと毎回泥酔する。そのせいで気がつくとキーホルダーを失くしていたのだ。

牧原は夜中に、父を含め何人も呼び出して捜させた。結局は本人が立ち寄ったことを完全に忘れていたキャバクラに落ちていたという。

誠たちは三叉路《さんさろ》に差しかかった。

のぞみ亭は左だが、誠は右の道を指差す。

「二郎《じろう》インスパイアはどうだ」

この世にあるラーメンのジャンルで、最もボリュームたっぷりなのが二郎系だろう。豚ベースのスープに醤油ダレを合わせ、極太麺と茹《ゆ》でもやし、茹でキャベツ、煮豚や背脂をたっぷり載せた個性的なラーメンだ。

全国に暖簾《のれん》分けされた直系の店があるが、二郎の味を真似た店も多く存在している。それらは直系と区別され、二郎インスパイアと呼ばれている。この街にもインスパイア店があり、圧倒的な量と濃厚さで人気を博していた。

だが昇一は難色を示した。

「野菜が多いから、意外にヘルシーだと思わないか？」

健康的とは言い難いが、三百グラム近い野菜を摂取できるのも事実だ。三叉路を左に進みつつ、誠は次の店を提案した。

「札幌味噌《さっぽろみそ》ラーメンはどうだ。純《じゅん》すみ系の店があったよな。熱々のラードとすりおろし生姜《しょうが》の効いた味噌味は、この寒い夜にはたまらないだろう」

純すみ系とは札幌にある純連《じゅんれん》やすみれという名店から派生した味噌ラーメンの一大潮流だ。北海道で生まれた味だからこそ、寒い冬なら感動が倍増するはずだ。

「悪くはないが、気分じゃない」

「熊本ラーメンという手もあるぞ」

九州にはたくさんの豚骨ラーメンが存在する。最も有名なのは極細麺の博多《はかた》ラーメンだが、熊本にも魅力的な味がある。白濁したスープに中細ストレート麺を合わせ、さらにニンニクで風味付けしたマー油という黒い香味油を加えるのが最大の特色になる。

「熊本か」

昇一が目を輝かせる。だが振り切るように激しく首を横に振った。

「いや、やっぱりのぞみ亭に行く」

「どうしてそこまでこだわるんだ」

「大量の背脂が、罪悪感を掻《か》き立てるからだ」

昇一が力強く言い切った。説得は無駄だと悟り、誠は昇一に合わせて歩みを速める。すると前方に黒々とした空間が見えた。ビルが立ち並ぶ一角に小高い丘があり、公園にたくさんの木々が植えられているのだ。

「ここを通れば最短距離だな」

誠たちは古墳公園の入り口に来ていた。目の前に古びた石階段がある。牧原が転落したのとは別の階段だ。

自宅からのぞみ亭に向かう場合、古墳公園を突っ切るのが最も早い。そのことは出発の時点でわかっていた。誠は古墳公園に近づきたくなかった。だから背脂チャッチャ系に対抗し、家系や東京醤油ラーメンなど他の店を提案してきたのだ。

だけど進路変更はもう間に合わない。冷たい風が吹き、常緑樹の葉がざわめく。誠は動悸《どうき》を抑えながら、石階段を上りはじめた。

3

古墳公園には東西南北、四ヶ所に階段がある。誠たちは最も大きな西階段を上る。公園は桜の木が植えられ、植え込みが綺麗に整えられている。遊具は一切ない。春には花見客でにぎわい、フットサルサークルでも花見は恒例行事になっていた。

公園を横切って東階段を目指す。夜の公園にひと気はなかった。暖かい時季は夜でも人がいるけれど、今夜はさすがに寒過ぎるのだろう。水飲み場を通り過ぎると、昇一が公園の中央付近で立ち止まった。木製のベンチが街灯に照らされている。

「実はこの公園でも聞き込みをしたんだ」

「本物の探偵気取りだな」

思わず言葉に棘《とげ》が含まれるけれど、昇一は気にしていない様子だ。

「夜中に何度か来て声をかけていたら、事故の夜に牧原に絡まれた男性と出会えたんだ。生きている牧原と接触した最後の人物らしい」

夜の聞き込みはさすがに度が過ぎている。

「男性は勤務先から帰宅するために公園を歩いていたそうだ。すると牧原がベンチで眠っていたんだ。時刻は俺たちが絡まれた数十分後くらいらしい。牧原と面識はなかったそうだけど、男性は凍死を心配して声をかけたんだ」

あの日は夕方からみぞれ雪が降るなど、気温は氷点下に近かったはずだ。

「身体《からだ》を揺らすと牧原はすぐに目覚めた。男性が立ち去ろうとすると、牧原が『ない』と叫んだ。しかも酒臭い息を吐きながら『お前が盗んだのか』と詰め寄ってきたそうなんだ」

心配してくれた相手を疑うなんて最低の酔っ払いだ。

「落ち着くよう諭したけど、牧原は耳を貸さなかった。男性の容姿のことなどを、口汚く罵倒《ばとう》し続けたんだ」

誠は気分が悪くなる。初対面の人物相手に、あれほど多彩な悪口を吐けることが信じられなかった。

「男性が怖くなって逃げ出すと、牧原は泥酔していたせいか追いかけてこなかった。すると背後から『うわっ』という悲鳴が聞こえたんだ」

「その瞬間に転落したってことか」

「おそらくな」

誠は深呼吸して、気持ちを落ち着ける。ずっと想像していた光景だった。眠ろうとするたび、頭の中に空想が鮮明に映し出される。何度も繰り返されたせいで実際に目の当たりにしたかと錯覚しそうになる。

「男性は水飲み場付近にいたそうだ。声の直後に振り向くと、誰の人影もなかった。

落下のときの物音は特に聞こえなかったらしい」

水飲み場からならベンチや南階段が見渡せる。数本の街灯の光のおかげで、人がいれば影ですぐにわかるはずだ。草むらにとっさに隠れるのも難しいだろう。

「悲鳴は気になったけど、その男性は帰りを急いだ。引き返して救護すれば救えたかもしれないって悔やんでいたよ。警察にも連絡して全て話してあるそうだ」

「急に絡んできて口汚く罵《ののし》った相手なんだぞ。助ける気が失せても仕方ないよ。その男性が後悔する必要なんて全くない」

「ああ、そうだな。俺もそう思うよ。男性には一ミリも責任はない」

昇一は力強くうなずき、南階段へと近づいていった。

「おい、のぞみ亭はそっちじゃないだろう」

制止しても歩いていき、昇一は最上段から南階段を見下ろした。居酒屋から牧原の自宅に向かうには南階段を上って北階段を下りるのが最短距離になる。

南階段は古墳公園の階段で最も傾斜が急で、幅も成人男性同士がすれ違うのが難しいほど狭かった。途中に踊り場もなく、石階段は踏み面が波打っている。

「相変わらずここの手すりは無駄に高いな」

昇一が手すりで身体を支える。南階段の脇には古びた石製の手すりが設置されている。苔《こけ》むしていて、幅が広いため摑《つか》みにくい。さらに一般的な手すりの高さは腰までくらいなのに、この手すりは肩くらいまであるため使いづらかった。

「人が死んだ現場を見物するなんて不謹慎《ふきんしん》だぞ」

注意するが、昇一は身を乗り出した。

「実はその男性が、牧原が足首を気にしていたと教えてくれたんだ」

「足首を？」

さらに前のめりになり、落下しないか心配になってくる。

「牧原が右足を前に出したとき、痛そうに顔を歪《ゆが》めたそうだ。居酒屋の前で転んだときに捻《ひね》ったのかもしれないな」

「立ち去ったときは普通に歩いていたぞ」

「酔いが醒《さ》めてから痛くなる場合もある。公園のベンチで軽く眠ったことで、足首の異変に気づいたのかもしれない」

「ただの仮定だ。早くのぞみ亭に行くぞ」

「ああ、そうだな」

昇一が南階段を離れ、誠は安堵《あんど》の息を吐く。のぞみ亭へと続く東階段は幅が広く、傾斜も緩やかだ。金属製の手すりも使いやすかった。

駅が近づくにつれ、居酒屋やスナックが増えてくる。常連が集まりそうな店の中から演歌の熱唱が漏れ聞こえてきた。

「実は、遺体の第一発見者にも会えたんだ」

「どんな話を聞いたんだ？」

昇一の調査への執念には、もう驚かなくなってきた。

「近所に住む看護師の女性で、深夜二時前に発見したんだ。準夜勤というシフトの帰りだったらしい。夜中まで大変だよな」

転落が午後十一時だとすると、三時間も発見されなかったことになる。南階段を下りた先にある路地は細く、暗くて通行者も少なかった。

「牧原は階段の下で倒れていたらしい。看護師さんは酔っ払いが寝ていると思って、介抱のために近づいた。だけど触れたら冷たくて、慌てて救急車を呼んだそうだ。その時点で完全に手遅れだったみたいだけどな」

通り沿いの焼鳥屋から芳《こう》ばしい香りが漂ってきた。

「救急車が来る頃には、近所の野次馬が集まって大変だったらしい。遺体発見時の様子を聞いたら、親切にも色々と教えてくれたよ。その中に興味深い情報があったんだ」

昇一が深く息を吐くと、真っ白い呼気が長く伸びた。

「何があったんだ」

「遺体の手元に三色の星のついたキーホルダーが落ちていたんだ」

誠の心臓が早鐘を打った。だが何とか平静を装う。

「それのどこが興味深いんだ」

声は震えずに済んだ。昇一は足元に視線を向けている。子供の頃から通っている理髪店のシャッターが下り、サインポールが回転を止めている。腕が良いため昇一を紹介したら、誠以上の常連になった店だった。

「なあ、誠」

「何だよ」

「お前はあの夜、牧原を追いかけたんだよな」

誠が足を止めると、昇一は数歩先で振り向いた。

「どうなんだ?」

「そんなはずないだろ」

自分の顔が引き攣《っ》るのがわかった。

コンビニの緑の光が昇一の横顔を照らす。客が自動ドアを通過し、入店音が漏れ聞こえた。

「さっき誠に、居酒屋で別れた後に寄り道せずに家に帰ったか聞いたよな」

「ああ」

誠はまた歩き出す。奇妙な質問だと思っていた。

「牧原の事故を調べるために、新聞をじっくり読んだんだ。念のため前日の新聞もチェックしてみたら、あの日の夜十時半に県道沿いのホームセンターの前で交通事故があったと書いてあったんだ」

「えっ」

寄り道について質問されたとき、誠たちは県道沿いで信号待ちをしていた。昇一の視線の先にはホームセンターがあった。

「トラックと乗用車が五台絡む大事故で、幸い死者は出なかった。居酒屋から誠の自宅に真っ直ぐ帰るときは、あのホームセンターの前を通るはずだよな。さすがにその規模の交通事故を見かけたら、記憶に残ると思うんだ」

牧原の死亡記事が掲載された日の新聞は何度も読み返した。記事が掲載されたのは、誠たちが居酒屋の前で牧原に遭遇した日の翌々日の朝刊だ。遺体発見が深夜二時だから、翌日の朝刊に間に合わなかったのだ。

ホームセンター前で交通事故があったのは午後十時半らしい。そのため翌日の朝刊に載ることになった。誠は普段新聞を読まないので、事故の情報を知ることはなかった。

あの夜を思い返すものの、遠くに見えるホームセンターの状況など一切記憶に残っていなかった。

「ああ、それか。そうそう、思い出した。あの日は近くの二十四時間営業のスーパーに立ち寄って低脂肪牛乳を買ったんだ。だからホームセンターの前は通らなかった。軽い買い物だったから、寄り道に含めなかったんだよ」

「そっか」

誠の苦しい言い訳に対し、昇一は軽く流しただけだった。

「あの日の集合写真を見てみろよ」

「……わかった」

無視することもできたが、誠はスマホを取り出す。画面を操作する指先が震えるけれど、原因が寒さなのか不安なのかわからなかった。

サークルのメンバーが横長の画面に表示される。

「これがどうした」

看板や街灯の明かりやフラッシュによって昼間のように明るい。仲間たちが肩を寄せ合い、赤らんだ顔で笑っている。昇一と誠は段ボールの片付けで出遅れたことで、右端に並んで入り込んでいた。誠はチェスターコート、昇一はダウンジャケットと、今日と同じアウターを着ている。

「コートのポケットだ」

二本の指で拡大し、誠は全てを理解した。

「そういうことか」

誠のコートのポケットから透明な三色の星がはみ出ている。牧原が愛娘《まなむすめ》から贈られたキーホルダーだ。高性能のスマホが明瞭に撮影している。思い返すと追いかける途中、ポケットに押し込んだ覚えがあった。

「居酒屋の前で牧原に絡まれた直後、誠はこのキーホルダーを持っていた。そして階段から転落した牧原の手元にも落ちていた。理由を説明してもらえるか？」

「わかったよ」

これ以上は誤魔化せない。路地を曲がると看板の色合いが急に派手になった。ピンク色の光が点滅し、黒服の青年が客引きをしている。誠は勧誘の声を聞き流し、牧原が死んだ夜の出来事を語りはじめた。

4

居酒屋の前で酔っ払いが怒鳴ったとき、誠は牧原だとすぐにわかった。ただし牧原は誠を知らないはずだった。父は息子を紹介したがったが、誠が全て断っていたのだ。

牧原は昇一に体当たりし、弾き飛ばされた。段ボールを巻き込んで転倒し、悪態をついて去っていった。

段ボールを片付けている途中、誠は道路に落ちているキーホルダーを発見した。牧原が愛娘を溺愛し、キーホルダーを大切にしていることは父から聞かされていた。届けようと考え、ポケットに入れた。そしてカラオケに参加せずに牧原を追いかけた。豪邸の場所は知っていた。帰る理由を誤魔化したのは説明が面倒だったためだ。

父が会社を辞めたのは、詐欺《さぎ》に引っかかったからだ。

客から不動産の売却を持ちかけられ、契約を交わした。だが相手は土地の所有者に成りすました詐欺師で、多額の金を支払った直後に行方《ゆくえ》を晦《くら》ました。その責任を取って会社を辞めることになったのだ。

父親の不手際に息子である自分は関係ない。だが父が莫大な損失を与えたのは事実だ。誠は会社や牧原に対して負い目を感じていた。だから牧原のことは苦手だったが、キーホルダーを届ける気になったのだ。

古墳公園の南階段を上る。間に合わなければ郵便受けに入れるつもりだった。

上り切る直前、怒鳴り声が聞こえた。様子を窺《うかが》うと、牧原が誰かを罵っていた。おぞましい悪口雑言《ぞうごん》を並べ立てている。

その光景に、誠は父を連想した。

牧原のパワハラは有名で、父も日常的に罵倒されていたらしい。ときには直属の部下でもないのに、成績の不振について笑いものにされていたようだ。家でも「牧原さんに申し訳ない」と何度も繰り返していた。うまい話に飛びついたのも、焦りが募っていたせいだと母が悲しそうに言っていた。

詐欺が発覚する直前、父は夕食の席で笑っていた。

「大口の仕事が成功しそうなんだ。これで牧原さんに認めてもらえるよ」

誠は社会のことを何も知らない。仕事は厳しいものなのだろう。牧原は親会社で高い地位にあって、父も尊敬している。誠の知らない素晴らしい側面があるに違いない。印象こそ悪いけれど、そう思い込もうとしてきた。

だけど真っ暗な公園で牧原が暴言を吐く姿は見るに堪えなかった。父もあんな風に尊厳を傷つけられ、その果てに心を病んだのかと思うと胸が痛んだ。

キーホルダーを届ける気は完全に失せた。草むらに投げ捨てようと考えたが、良心が咎《とが》めた。そこで手すりが目に入る。階段を上り切った横に手すりの親柱がある。誠はその上にキーホルダーを置いた。

暗闇に紛《まぎ》れたことで、牧原には気づかれなかったようだ。誠は罵声を背中越しに聞きながら南階段を駆け下りた。

これがあの夜に起きた出来事だった。

話を聞いていた昇一が見つめてきた。

「つまり誠は手すりにキーホルダーを置いただけなんだな」

「……そうなるな」

牧原の死を知った誠は、慌てて古墳公園に駆けつけた。すると南階段に規制線が張られていて、花束が供えられていた。

「昇一は事件についてネットで深く調べたか？」

「牧原の情報や不動産会社についてのは検索した。他にも情報があったのか？」

「たどり着かなかったなら幸いだ。事故の直後、誰かが牧原の遺体の写真をＳＮＳにアップしたんだ。今は凍結されて閲覧《えつらん》できないけどな」

「最悪だな」

「俺はその写真で牧原の手元のキーホルダーを見つけたんだ。牧原は南階段の上でキーホルダーに手を伸ばしたはずだ。そして摑んだ後に階段から転落したと考えられる。つまり俺の余計な行動のせいで、牧原は死んだことになるんだ」

「考え過ぎだ。誠は親切心で目立つ場所に置いただけだ。それにあの日はみぞれ雪で階段が濡れていたし、牧原も泥酔していただろう。下りている途中で転落したかもしれない」

「思い出せないんだ」

「何がだ？」

昇一が眉間に皺を寄せる。

「手すりに置いた理由だよ」

牧原はキーホルダーを捜すため、来た道を戻るはずだ。泥酔して記憶は曖昧《あいまい》かもしれないが、南階段を下りることは予想できる。そのため手すりの上にあるキーホルダーを発見する可能性は極めて高いことになる。

「実はさ、手すりのちょっと奥にキーホルダーを置いたんだよ」

「ちょっと奥？」

石製の古びた手すりは幅が広く、無駄に高さがあった。その親柱の少しだけ奥のほうに置いたのを、誠はなぜか鮮明に覚えていた。

「俺の身長なら余裕だけど、小柄な牧原だと手が届きにくいよな。小さな差だけど、奥にあればなおさらだ」

なぜ取りにくい場所に置いたのか、その動機が思い出せなかった。理由なんてないのかもしれない。だけど嫌がらせの気持ちがなかったとは断言できなかった。

小さな悪意が原因で、牧原は足を滑らせた。根拠がないのは理解している。だけど疑念は棘のように心に刺さり、誠は眠ることができなくなった。

昇一からのぞみ亭に誘われたときは怖かった。自宅からの最短経路に古墳公園があるのだ。そこで公園に近寄りたくない一心で、他のラーメン屋を提案し続けたのだ。

昇一がため息をついた。

「牧原が階段から転落したのは、誠が立ち去った直後になるな。巻き込まれなくてよかったよ」

時間から考えて、背中に落下してくることもあり得たのだ。

「俺がクッションになって、牧原が生き延びたかもしれないな」

そう答えると、昇一が怒ったような顔をした。

誠は気まずくなって話題を変えた。

「どうしてこの件を調べようと思ったんだ。大学をサボってまで聞き込みするなんて、明らかに深入りし過ぎだ」

「誠は牧原の死の直後に不眠になっただろう。二人が顔見知りだと思ったから、気になって調べようと決めたんだ」

「どういうことだ？」

「居酒屋の前で絡まれた後、牧原に対してビールの飲み過ぎだと言ったよな。おっさんが飲む酒としては一番妥当かもしれない。でも断言したから疑問に思ったんだ」

牧原はビールが好物で、父もよく付き合わされていた。だから泥酔した姿を見て、とっさに今回もビールの飲み過ぎだと考えたのだ。

「俺が突き落としたとは考えなかったのか？」

牧原の評判は最悪だ。誰かが殺意を抱いても不思議ではない。

「公園にいた男性は、悲鳴の直後に振り返っている。誰かが突き落とせば、逃げる人影くらいは目撃したはずだ」

「階段の下から引っ張ればいいんじゃないか？」

「階段が狭過ぎて巻き込まれるかもしれない。デメリットが大き過ぎる。それに警察だって馬鹿じゃない。他殺の可能性があるなら捜査くらいするはずだ」

誠の思いつきなど全て先回りして見抜いていたらしい。歓楽街を抜けると、のぞみ亭の看板が遠くに見えた。幸いなことに行列はできていないようだ。

「警察に伝えるのか？」

誠が訊ねると、昇一が目を丸くした。

「意味ないだろう。キーホルダーを置いただけなんだ。事情聴取くらいはされるかもしれない。だけど逮捕も起訴もされないだろうな」

「それなら牧原の遺族に伝えるのか？」

牧原には家族がいる。世間の評判は最悪だが、家族からは愛されているはずだ。牧原の死を嘆き悲しんでいるだろう。顔も知らない娘を想い、誠の胸に痛みが走った。

「亡くなった経緯は知りたいかもしれない。誠を恨むことも考えられる。だけど俺は牧原家に何の義理もない。このことを教える気は一切ないよ」

「それなら何をするつもりなんだ」

「何もしないさ。サークルの連中にはもちろん、他の誰にも言うつもりはない。この事実は一生俺の胸にしまっておくよ」

「ちょっと待て。だったら何でお前は、このことを俺に伝えたんだ」

誠は混乱していた。夜中に呼び出してきたのは、あの夜の事実を確かめるのが目的のはずだ。だがその後に昇一が何をしたいのかがわからない。

警察は仕事だから真相を究明する。探偵は依頼があるから謎を解き明かす。それなら昇一は何のために秘密を暴き、それを誠に告げたのだ。

のぞみ亭に近づくにつれ、豚骨の匂いが強くなってきた。

昇一が悲しそうな表情で目を伏せる。

「実は居酒屋の前で酔っ払いに怒鳴られたとき、かなり腹が立ったんだ。道を塞いだ俺たちが悪いのにな。だから体当たりをされたときに軽く踏ん張ったんだ。そうしたら想像以上に相手が吹っ飛んでびっくりしたよ」

昇一が深く息を吐いた。

「牧原は俺のせいで足を痛めた。きっと踏ん張れなかったはずだ。階段から落ちたのは、俺にも原因があると思わないか？」

「昇一のせいじゃない」

誠は反射的に答えていた。すると昇一が微笑んだ。

「そうだな。俺の責任じゃない。同じように誠も悪くないんだ」

「それは……」

誠は何も言えなくなる。昇一の優しさはありがたい。だけど心が納得してくれない。自分の小さな悪意が牧原の命を奪ったかもしれない。その疑念から逃れる方法がわからなかった。

「そうだよな。俺の薄っぺらな励ましが響くなんて思っていないよ。だから誠と一緒にラーメンを食べようと思ったんだ」

「どういうことだ？」

昇一が誠の背中を叩《たた》いた。突然のことで咳き込んでしまう。

のぞみ亭の前に到着し、昇一が電球で輝く看板を見上げた。瞳がキラキラと明かりを反射している。

「俺がお前を誘った理由なら、もう伝えてあるだろ」

「えっ」

「提案してくれた店はどれも魅力的だった。何度も心が揺らいだよ。だけど今日の俺たちには、大量の背脂が載ったここのラーメンが最も相応《ふさわ》しいと思ったんだ」

昇一がドアを開けると、濃厚な豚骨の香りと熱気が吹き出した。

深夜だが店内は活気に溢れている。入店して券売機に金を入れる。誠は通常のラーメンを選び、昇一は味玉ラーメンのボタンを押した。

昇一が誠を誘った理由は、すでに伝えてあるという。今日の会話を思い返すけれど、全く心当たりがなかった。

黒いTシャツの若い店員に食券を渡すと、ラーメンの好みを聞かれた。この店では麺の硬さや味の濃さ、背脂の量を客が選べるのだ。誠が答えようとすると、昇一が遮るようにして店員に告げた。

「両方とも麺硬め味濃いめで脂は銀世界で」

「かしこまりました！」

店員が威勢良く返事し、カウンター席に案内する。

「おい、銀世界って本気か」

「もちろんだ」

昇一がにやりと笑う。

麺硬め味濃いめはいつもの注文だから構わない。だが問題は背脂の量だった。

背脂は少なめ、普通、こってりの順番に増えていく。そしてのぞみ亭では裏メニューとしてこってりの上に銀世界が存在する。白い背脂が丼を覆う様子が雪景色に似ていることから名付けられ、美しい表現ではあるが振りかけられているのは豚の脂である。

店内は暖房が効いていて、誠たちは上着を脱いだ。セルフサービスの冷水を用意し、カウンターに腰かける。

店員が手際良くザルを上げ、麺を湯切りする。スープとネギの入った丼に入れてチャーシューやもやしなどの具材を載せる。寸胴《ずんどう》から背脂を平ザルですくい、網越しに何度も振りかける。そのときのチャッチャッという音が、背脂チャッチャ系の名の由来だった。

「チャーシュー麺大盛りネギ増し銀世界、お待ちどおさま！」

店員がカウンター越しに、誠の隣に座る客に丼を渡した。スーツ姿の若い女性で、疲れ切った顔が印象的だった。

女性客は大量の背脂に一瞬、怯《ひる》んだような顔をした。

その瞬間、誠は昇一の言葉を思い出した。

女性はすぐに決意に満ちた表情になり、ラーメンをすすりはじめた。そして恍惚《こうこつ》とした笑みを浮かべ、レンゲと箸《はし》を使って一心不乱に食べ進める。

厨房では店員が麺を茹で上げていた。他の客は全員食べているので、次は誠たちの番になる。昇一が唾をごくりと飲み込む。店員が二杯の丼に大量の背脂を振りかけた。

「お待ちどおさま！」

目の前にラーメンが置かれる。真っ白な背脂が麺も具材も覆い尽くしていた。

時刻は深夜一時を過ぎている。

体形を保つために、日々の摂取カロリーを制限してきた。週に四回はランニングをして、フットサルもがんばってきた。昇一も筋トレを欠かしていないはずだ。それなのにこんな夜中に炭水化物と塩分、そして脂質が桁外《けたはず》れのラーメンを食べるのだ。これまでの努力が水の泡になってしまう。

でも、だからこそ、深夜のラーメンは魅力的なのだ。

「いただきます」

箸を手にして麺を持ち上げる。表面の脂で閉じこめられた湯気が一気に噴き出し、豚骨醤油スープの香りが広がった。

背脂がたっぷり絡んだ茹で立ての麺をすすると、旨みの奔流《ほんりゅう》が脳髄《のうずい》を貫いた。コクのある豚骨スープには醤油の立ったタレが抜群に合い、もやしのシャキシャキ食感も心地好い。目を疑うような量の背脂が、濃厚な旨みと甘みを全体に与えていた。そして冷え切った身体を熱々のスープと麺が内側から温めてくれる。

味の染みたホロホロ食感のバラ肉チャーシューを咀嚼《そしゃく》しながら、心の中で昇一に感謝する。隣で無心にラーメンをすする昇一は、唇が脂でてらてらになっていた。昇一は誠の抱えていた秘密を見抜いた。その上で誰にも広めないと約束してくれた。この世で昇一だけが、誠の苦しみを知っているのだ。

そしてこの最高の親友は、全てを承知した上でただ寄り添ってくれた。

夜中にラーメンに誘ってきて、自宅の前に現れた。そして戸惑う誠に対して、昇一はにやりと笑ってこう言った。

二人で罪悪感を分け合うんだ。

誠はこれからも苦しみ続けるのだろう。だけど大切な親友が苦悩を共有してくれる。それなら何とか耐えられる気がした。今夜はきっと、ひさしぶりに眠れる。背脂たっぷりのスープを飲み干しながら、不思議とそう思えた。

ペンション・ワケアッテの夜食

八木沢里志

八木沢里志（やぎさわ・さとし）

１９７７年千葉県生まれ。日本大学芸術学部卒業。２００８年、『森崎書店の日々』でデビュー。同作品は映画化され、『続・森崎書店の日々』も刊行。同シリーズは世界30ヶ国で翻訳が進行中で、英語版が２０２４年のブリティッシュ・ブックアワードにノミネートされている。他の著書に、「純喫茶トルンカ」シリーズ、『きみと暮らせば』がある。

「お客さん、一人旅？」

タクシー運転手のおじさんに運転席から話しかけられて、後部座席の明美《あけみ》は顔を上げた。

「え？」

「いや、この辺はリゾート地だから、家族旅行の人が多いでしょ。一人旅の女の人は珍しいから。特にあなたみたいな若い人は」

「はあ。いけませんか？」

「いやいや、いけないなんて言ってないけど。ごめんね、気を悪くさせたんなら。でもなんだかすごく思い詰めた感じだから。ちょっと心配になっただけ」

「どこがです？」

「え？　だって景色も全然見ないでずっと俯《うつむ》いてるし。普通、この辺走ってるとみんな、外の景色に見惚《みと》れるもんだからさ」

そう言われて、初めて明美は窓の外に目を向けた。タクシーは青い空の下、高原の中をまっすぐ伸びる一本道をひた走っていた。よく晴れているおかげで、遠くに連なる雄大な山々がはっきりと見える。山の一部はすでに赤く色づいている。景色がパノラマのように広がっている感じは、確かに非日常感がある。

「あれは那須《なす》連山ね。まだ紅葉には少し早いけど、いい景色でしょ？」

「はあ」

「リアクション薄いなあ。東京の人？」

「まあ」

「なんかそんな感じだよね。シュッとしてて仕事できますって感じ？」

「どうも」

「あはは、リアクション薄いなあ」

運転手のおじさんは鈍いのか単純に人が好きなのか、つっけんどんな態度を全く気にせずご機嫌に笑っている。明美も普段の旅行だったら、旅先でたまたま拾ったタクシーでのこんな会話を楽しむかもしれない。だけど、今は誰とも話したくはない。美しい景色も少しも心に響かない。職場と家の往復の毎日、休日に家にいても気分が滅入るだけだと、ネットで目についた静かそうな場所に来てみたのだが、失敗だったかもしれない。

明美は今、那須高原に来ている。東京駅から新幹線を使って二時間弱。ある小さなペンションに一泊するつもりだ。それもまたネットでたまたま目についただけだったが、緑に囲まれた水色の可愛《かわい》らしい北欧風の建物の雰囲気が気に入って予約した。紹介ページの文言には〈アットホームなペンション。自然の中で、静かで落ち着いた時間をお過ごしいただけます。お一人様歓迎〉とあった。一日の利用客は最大でも三組までとのことで、人の目を気にしないでよさそうなのがよかった。

「まあ、あのペンションに行く人はみんな、ワケアリだしねえ」

バックミラー越しに、どこか含みのある顔で見てくる運転手と目が合った。

「へ？　どういうことですか？」

「ん？　だってあそこはそういう場所でしょう？」

「はあ？」

「だって、名前がワケアッテだよ？」

ペンション・ワケアッテ。それがそのペンションの名前だった。意味がわからず名前を頭の中で繰り返してみる。ワケアッテ、ワケあって、あ、訳あって？

「訳あって？　だからワケアリの人が泊まる場所ってことですか？」

「ご名答。知らなかった？　実際お客さんみたいな浮かない感じの客をよくあそこまで乗せてくことあるよ」

全然知らなかった。ドイツ語かなんかをカタカナにしたおしゃれな名前なんだろうと勝手に思っていた。

「まあ、でもオーナー夫婦はいい人たちだよ。ちょっと変わってるけど」

「変わってる？」

「どっか浮世離れした感じ？　たしか旦那《だんな》さんは学者さんって話だから、まあ納得だよねえ。あ、奥さんはこざっぱりしてて けっこう美人よ」

「へえ」

「まあ人生いろいろあるけど、思い詰めちゃダメよ。きっとまたいいことあるからさあ」

「だから私は別にワケアリだから来たわけじゃ……」

「違うの？」

「いや……」

ペンションの名前の由来を知っていたわけではないが、自分がワケアリでないとも否定できない。すると、膝の上に載せたポシェットが急に重みを増した気がした。その中の白い封筒の手紙。持ってくる必要はなかったあの手紙を、なぜ自分は大事にポシェットに入れているのか。自分でも自分の気持ちがわからない。

明美が口ごもっていると、運転手は全くこっちの様子など気にせず、

「ああ、もうほら、そこの山道登るとすぐだよ。バックで出るの面倒だから、よかったらここまででいい？」

とあっけらかんと告げてきた。

半ば強制的に降ろされる形でタクシーを降りた。目の前には、鬱蒼《うっそう》とした木々に囲まれた、山道へ続く未舗装の道。仕方なくその道を、スーツケースを引きずって登っていく。時折、名前がわからない鳥のツピツピという甲高い鳴き声が、梢《こずえ》の葉《は》擦《ず》れの音に交じって聞こえてくる。

勾配《こうばい》を登り切ったところに、小さな家が建っていた。

水色の北欧テイストの二階建ての建物。宿紹介サイトの写真で見たのと同じだが、実際に見るとさらに小ぶりな感じで、ミニチュアハウスのようにちんまりとそこに建っていた。庭に通じる入り口に、〈ペンション・ワケアッテ〉と木の立て看板が出ている。見渡す限り他に住居らしきものもなく、ペンション・ワケアッテは木漏れ日を気持ちよさそうに浴びて静かに佇《たたず》んでいた。

周りの木立と一体化する形で庭が広がっていて、ポーチだけが砂利敷きされている。いつもここで洗濯物を干すのだろう、物干し台がそこに設置されていた。

玄関まで行ってチャイムを押そうとするが、先ほどの運転手のおじさんとの会話が思い出されて躊躇《ちゅうちょ》してしまう。

『あのペンションに行く人はみんな、ワケアリだしねえ』

それってどんな感じ？　ワケアリの客ばかり来るってのが怖い。みんな、思い詰めた表情で背中を丸め、建物の中をうろついてたりするんだろうか。

するると、タイミングよくというか悪くというか、ドアが開いて中から人が出てきた。

「あら？」

生成りのシンプルなワンピース姿の、四十前後くらいの女の人だ。大きな洗濯籠《かご》を抱えるようにして持っている。オーナー夫婦の奥さんの方だろうか。ベリーショートがよく似合う、やわらかい空気をまとった人だ。

「あ、今日予約されてた方ですか？」

明美の東京での暮らしの中では滅多にお目にかかれない、屈託のない満面の笑みを浮かべて尋ねてくる。すごいまともそう。明美はホッとして答えた。

「あ、そうです。二宮《にのみや》です」

「二宮明美さん、ですね。承知してます。私はこのペンションのオーナーの近藤《こんどう》楓《かえで》です。中に案内したいところだけど、ごめんなさい、先に洗濯物干しちゃっていいですか？」

楓さんは洗濯籠から真っ白いシーツを取り出すと、パンッと勢いよく広げてから物干し竿《ざお》にかけた。籠の中は全部シーツだったようで、一枚一枚丁寧に干していく。

「はい、これでおしまい。干したてのシーツって、気持ちいいでしょう？　昨日も干しておいたけど、今日はすごい天気がいいし、もう一回干しておこうと思って」

そう言ってまた目を細めて笑う。こんなに自然な笑みを久しぶりに見た気がする。

大学卒業後、商社に入社した明美は、広報の仕事をして六年めになる。仕事柄、毎日たくさんの人に会うので、人を見る目にはそれなりに自信があるつもりだ。楓さんは、明美が仕事関係で会ったどの人とも違った笑みをしていた。なんて表現すればいいのか、と明美は考える。あえて言うなら、優しさと厳しさが両方混ざった、いろんな経験をしてきた人特有の揺るぎない笑い方？

「じゃあ部屋まで案内するんで、ついてきてください」

「あ、はい」

思わず見惚れてしまっていた明美は、慌てて返事をして楓さんに続いて建物の中に入った。

入ってまず目に飛び込んできたのは、広々としたリビング・ダイニング。壁も床も無垢《むく》の木が使われているらしく、ほんのりと木材の優しい香りが漂ってきて心が安らぐ。中央には大きなダイニングテーブルが置かれていて、アールデコ調のシンプルな椅子《いす》が整然と並べられている。壁には柱時計とドライフラワーの花束。そして、レンガで作られた暖炉《だんろ》が壁際中央でひときわ存在感を放っている。

「暖炉」

子供の頃、暖炉のある家に住むのが夢だったのを、明美は思い出す。

「ん？」

「暖炉があります」

「ああ。ずっと暖炉のある家に住むのが夢だったんです。五年くらい前、夫とペンションをやろうってことになって物件を探してて、居抜きのこの建物に出会ったんです。けっこうリノベーションしたんですけど、どうしてもこの暖炉は残したくて」

「素敵」

「それはよかった。もうこの季節は山の夜は冷えますから、夜になったら火をおこしましょうね。さて、お部屋は二階です。お荷物運びましょう」

楓さんはそう言うと、無駄なものまでたっぷり詰めて重くなってしまったスーツケースをフンッという掛け声とともに軽々と持ち上げ、階段を難なく上っていった。華奢《きゃしゃ》に見えるが、意外に力持ちらしい。

「今日はね、明美さんしか予約入ってないから、のんびりしてください。て言っても、うちはだいたいお客さんはひと組しかいないけど。トイレとお風呂は二階のお客様用を使ってください。お食事はダイニングでお願いします」

「はい」

客室は、中央にベッドが置いてあるのを除けば、テレビも時計もなく、小さな本棚があるだけのシンプルで落ち着く空間だった。大きな張り出し窓からは立派なカラマツの木が見える。

「明美さん、お昼って食べました？　私、これから食べるんですけどよかったら。ポーチドエッグとマフィンの簡単なものですけど。せっかくですし、お茶でも一緒に飲みながら」

「えっと……」

昼ごはんは食べていない。それを言えば、昨日もおとといもほとんど何も食べていない。その前はどうだったっけ。思い出せない。とにかく、食欲は全くなかった。コーヒーを飲みすぎた時みたいに気持ちの悪い感じが、ここ何週間かずっと続いている。あの手紙をもらった日から、明美は食べることも笑うことも呼吸することも、今まで自然にできていたことがとても難しく感じられるようになっていた。

「昼は食べたんで大丈夫です」

「そうですか。じゃあコーヒーでも淹《い》れましょうか。裏のテラスで飲むと美味《おい》しいですよ」

「来る前に駅前のカフェで飲んだので」

いつも職場や親の前でするように無難に嘘《うそ》をついただけだったのに、胸にざらついたものが広がった。ああ、そうか。私、この人に嘘をつくのが嫌なんだな、と思う。

「そうですか。残念」

それ以上は楓さんは無理に誘ってこなかった。すごくいい人。相手の態度を見て、無理強いしたりもしない。だけど、そんな相手にさえ、明美の声は小さな棘《とげ》を含んでいた。

「どこか観光に行かれますか？　もし行かれるならタクシー呼びますけど」

「いや、のんびりしたいんで。この辺をちょっと散歩でもしようかと」

楓さんはニッコリ頷《うなず》くと、部屋を出ていった。


窓をほんの少しだけ開けてから、ベッドにそのまま大の字に寝転がった。鳥の鳴き声と梢の葉擦れの音が外から聞こえる。木漏れ日が天井で波のように揺れている。目で追っていると、ざらついた気持ちが和らいでいく。

気がついたら、そのまうとうとと寝入っていたらしい。腕時計を見ると寝ていたのは三十分くらいだったが、久しぶりに深く眠れて、疲れが取れた気がした。

このまま気分を上向きにして、今日でこの暗い気持ちは全部終わりにしよう。もう十分引きずったし、そもそも小旅行に出ようと思いついたのもリセットするためじゃないか。やっと目的を思い出した。

「よし」

起き上がり、そのまま散歩に行くことにした。ベッドに投げたポシェットが横目に入った。一応、これも持っていくか、と肩から下げて階段を下りた。

玄関口でウォーキングシューズを履いていると、楓さんが廊下を駆けてきた。

「これ、持っていってください」

見ると持ち手のついた鈴だった。何だこれ、と思っていると、

「クマ除《よ》け。鳴らしながら歩けば、寄ってこないから」

「え？　クマ出るんですか」

「出ます出ます。最近はこの辺で目撃情報はないけど、念のために。クマも人間と鉢合わせしたくないから、それを鳴らせばどこかに行ってくれます」

「はあ」

素直にクマ除けを受け取り、ペンションを出ようとすると、さらに楓さんが言った。

「あと、夫がその辺をフラフラしていると思うんで遭遇するかもしれないです。もし失礼な態度とったらごめんなさい。ただの人見知りなだけで悪気はないので」

クマよりも、そっちの方が重要事項のような口ぶりだった。

「人見知りなんですか？」

いい大人が人見知りってと内心呆《あき》れて尋ねると、

「ええ。それはもう、重症です。特に明美さんのような若い女性相手だと、中学生男子みたいな態度をとる時があります」

と冗談なのか本気なのか、ひどく真剣に答える。

「わかりました。クマと旦那さんに気をつけます」

明美が玄関を出ると、「いってらっしゃい！」と楓さんは大きな声で見送ってくれた。


明美は山道を適当に進んだ。途中で清流を見つけたので、それに沿って歩いた。寒くもなく暑くもなく、歩くにはもってこいの気候だった。

しばらく歩き続けると開けた場所に出たので、明美は大きな石に腰掛けた。ここでも姿を見せない鳥の声が頭上から降ってくる。ツピツピと鳴くこの鳥は、なんて鳥だろう。

ふとポシェットに視線がいく。あ、また悪いループに入っちゃう。だめだめ。そうじゃない、そんなもの見たくない。見る必要もない。だいたい、なんで持ってきた？　そう思いながらも、明美の指は操り人形のように勝手にジッパーを開けている。

それから爆発物でも扱うみたいな慎重な手つきでそうっと手紙を出して、便箋《びんせん》を開いた。

右上がりの少し崩れた文字が、白い便箋に並んでいた。

もう何度も読み返して、暗唱できるくらいの文面。

「明美へ

こんなことを書くのは、本当に心苦しいし、すまないと思います。でも明美とはやっぱり結婚できない。俺は彼女を好きだという自分の気持ちにもう気づいてしまったから。これ以上、自分をごまかして結婚なんてできない。だから心から悪いと思うけれど、俺と別れてほしい。傷つけて本当にすまない。俺はなんと言われても構わないが、彼女を悪く言うのはやめてほしい。会社でもこの件について誰かに話すのは、控えてくれるとありがたい。

明美も幸せになってくれることを祈っている。今までありがとうな。一緒にいた時間は俺の大切な宝物だよ！」

安っぽくて、自己陶酔に浸った文章。おまけにいろいろと予防線も張ってあるのが小賢《こざか》しい。読み返す度に吐き気がする。何よりも、こんなに傷つけられておきながら、まだ復縁の可能性があるんじゃないかとどこかで思っている自分に一番腹が立つ。

三年間付き合って手紙なんて一度もくれたことなどなかったのに、最後の最後は手紙で終わらせるなんて。こんな手紙、さっさと捨ててしまいたい。けれど今、自分と彼を結びつけているものは、もうこの手紙だけになってしまった。捨ててしまったら、彼との結婚も、その先の人生計画も完全に潰《つい》える。この三年間、それを糧にして仕事に忙殺される毎日にも耐えてきたのに。消えてしまったら、自分は何にすがって生きていけばいいのだろう。大した魅力もずば抜けた能力もない自分には、もう何も残らないではないか。

明美の心にまた、暗い気持ちが広がっていく。せっかくの美しい風景も、心に何も訴えかけてこない。

と、前方の茂みからガサガサと音がして、思わず身構えた。草木が激しく揺れていて、何か大きなものがこちらに向かって素早く移動しているのがわかる。

あの大きさは、ウサギとかなわけがない。ということは、クマ？　どうしよ、どうしよ。そうだ、楓さんに渡されたクマ除け！

明美は必死にクマ除けを両手で摑《つか》んで鳴らした。うるさいくらいに鈴の音が響くが、クマが撤退する様子はない。それどころか茂みの中、どんどん近づいてくる。鳴らせばどこかへ行くという話はなんだったのか。むしろ鈴の音を目標に近づいてきている気さえする。

「クマ！　私、食べても全然美味《おい》しくないよ！　あっち行って！」

もうダメかもしれないと思って明美が叫んだのと同時に、茂みから獣《けもの》が飛び出した。

……と思ったら、人間だった。四十前後のクマみたいにずんぐりした男。アウトドアスタイルの格好に、ばかでかいリュックを背負っている。

「クマ？　どこですか？　大丈夫ですか？　まだ近くにいますか？」

と男は大慌てで周辺を見回しながら明美に聞いてくる。

「いや、あなたが！」

と明美は人騒がせな男につっこんだ。

「え？」

「だから、あなたが！　クマ！」

「は？　僕はクマじゃないです！」

「そんなクマみたいな体型して茂みから突然出てきたら、クマだと思うに決まってるでしょ！」

男はそこまで言われて、やっと状況を理解したらしい。突然被っていた日除け帽を脱ぐと、勢いよく頭を下げた。

「あ～、すみません！　ちょっと森の中を散策してたもんで。で、鈴の音が聞こえたもんだから、楓さんだと思って。あ、楓さんってのは僕の奥さんでして……」

「知ってます！　このクマ除け、楓さんに貸してもらったんで」

全然想像したタイプの人ではなかったが、どうやらこの人が楓さんの旦那さんらしい。

「ああ！　ということは、うちのお客さんですか？　いや、それはそれは。えっと、ありがとうございます。主人の近藤小吉《しょうきち》です。なんだ、そうですか、はあ……えっと、では」

重度の人見知りというのは本当のようで、小吉さんは唐突に話を打ち切って去ろうとしてくる。明美は石の上に座ったまま、そのでかい背中を「ちょっと待って！」と慌てて止めた。

「置いてかないで」

「え？」

「今ので……腰が抜けました」

小吉さんは明美から少し離れた小さな石に座って、「すみませんすみません」と何度も頭を下げた。

「もういいですって。腰ももう元に戻ったし」

「いや、でもお客さんの腰を抜かさせるなんて、あり得ないです。楓さんに知られたら、どんな責め苦を受けるか」

心配なのは、そこか。どうやら楓さんに頭が上がらないらしい。体格に似合わず人見知りだし、気弱。おかしな人だ。

「私も醜態を知られたくないし、楓さんには黙っておきましょう」

そう言うとめちゃくちゃに感謝されて、逆に楓さんが恐ろしくなった。でもおかげでというか、だいぶ小吉さんの人見知りも取れたようだった。

「にしても、あんな茂みの奥で何してたんですか？」

「群生している植物の観察です。日課なもので」

「あ、そういえば学者さんなんですよね？　タクシーの運転手さんがそんなこと言ってました」

「一応、生物学専門の自然科学者ですけど、五年前に大学の研究所は辞めまして。今はペンション経営しながら、この辺の自然をテーマに雑誌などに文章を書いとります」

「じゃあ、どっちかというとライターさん？」

「はい、小吉って名前もペンネームです。〈小吉のロマンティック紀行〉って連載がけっこう好評なんですよ」

誇らしげに言うので、ダサいタイトルだと思ったことは黙っておいた。

「そんなに自然はいいですか？　何か学べますか？」

自分には全く馴染みのない仕事なので、好奇心をそそられて聞いてみた。

「そうですねえ……」

と、突然すぐ近くで、うおおおと獣の唸《うな》り声のような低い音が鳴り響いた。不穏なものを感じ取ったのか、梢から小鳥たちが羽ばたいていった。

「なんですか、今の？　この森、クマだけじゃなくオオカミもいるんですか？」

「いや、今のは違います」

小吉さんがキッパリと否定する。さすが専門家、自然の中では頼りになると感心していると、

「今のは僕の腹が鳴った音です」

と遠くに聳《そび》える那須連山を見つめながら言った。

「え？」

「この時間にここで昼飯を食べるのが日課なもので。今、ものすごく腹が減っております」

「今の獣の鳴き声が？」

「そうです。申し訳ないのですが、お昼を食べてもいいでしょうか」

小吉さんはそう言うと、リュックサックからそそくさと何かの包みを取り出した。開けると、ソフトボール大のおにぎりが入っていた。しかも二個。炊き込みご飯を握ったような茶色で、お米に何かが混ざっているらしい。かすかに麺《めん》つゆのような甘い匂いが明美のところまで漂ってくる。

得体の知れない具と、麺つゆ味ってどうなのと明美が思っているのをよそに、小吉さんは茶色いおにぎりにかぶり付く。冬眠から目覚めたばかりのクマのような、豪快な食べっぷりだった。

「楓さんはペンションを開く前は大学の食堂で働いてましてね。彼女の作るごはんはシンプルだけど本当に美味しいんですよ。このおにぎりも最高です。おかげで毎日野山を歩き回っているのに、体は大きくなる一方です」

おにぎりを食べながら、楓さんのことを話す小吉さんはとても幸せそうだった。

「お客さんも一つ、どうですか？」

「けっこうです」

「そうですか？　じゃあ夜を楽しみにしててください。今日の夕飯は何でしょうね。楽しみだなあ」

この人、昼ごはんを食べながら夜ごはんの想像をしてるよ、と明美は呆れた。

とにかくそれで腹は満たされたらしく、小吉さんは話の続きに戻った。

「えっと、自然を研究するのは楽しいのか、でしたね。建築家のガウディがこんなことを言ってます。〈自然が作り上げたものこそが美しい。我々はそこから発見するだけだ〉と。僕からすればここは宝の山で、毎日が何かしらの発見の連続です」

小吉さんはそう言うと立ち上がって、「ちょっと見てみませんか」と明美を誘った。その大きな背中について来た道を少し戻ると、獣道の脇に咲く小さな白い花を指差した。

「これは、アケボノソウ。二日前に開花したんです。小さな可愛らしい花でしょう？花冠に黒い斑点《はんてん》がプツプツってあるのが見えますか？　それが夜明けの星空みたいに見えるから、この名前がついたんです。曙《あけぼの》っていうのは、夜が明け始める時間のことです」

「へえ、可愛い花。命名の由来も素敵ですね」

小吉さんは子供みたいに得意げな顔で笑っている。

来た時は全く気がつかなかった。言われて、自分が歩きながら緑も花も何も見ていなかったことに気づく。ちょっと足下に目をやれば、綺麗なものがあるのに。何も知らないで素通りするのは、なんともったいないことだろう。

「一生懸命、健気《けなげ》に咲いていますね」

「それは人間の観点ですねえ。花はただ、そこに咲いているだけです」

「そっか」

「でも何かを見て、いろんな想像を巡らすことができるのが人間の素晴らしさです。花弁の模様に星の瞬《またた》きを見たり、咲いている花の姿を健気だと思ったり。それはとても素敵なことだと思います」

花の花冠をちょんと指でつついてから立ち上がると、また頭上でツピツピと鳥の鳴く声がした。

「今の鳴き声はなんですか？」

「あれは、僕の腹の音です」

明美がポカンとしていると、大真面目《おおまじめ》な表情の小吉さんの顔が真っ赤になった。

「……すみません、冗談を言いました。あれはおそらくシジュウカラ科のヒガラです。とっても小さくて可愛らしい鳥です」

明美はとうとうこらえきれなくなって、声を上げて笑った。そんなふうに自分の笑い声を聞くのは、ものすごく久しぶりな気がした。

そのままペンションまで一緒に戻ろうということになって、再び歩き出そうとする。と、小吉さんが「あれ」と数歩後ろで何かを拾い上げた。

なった。

「これ、お客さんのですか？」

差し出された手紙を見て、さっきまでやわらいでいた明美の表情が再び険しく
「それ、どこに？」

「え？　そこに落ちてたから。お客さんのですよね？」

ポシェットを確認すると、ジッパーの口が開いていた。そこから落ちたらしい。

せっかくいい気分だったのに、このタイミングで存在を思い出させてくるとは。な
んといまいましい手紙だろう。

「私のです」

明美が慌てて手紙を回収しようと手を伸ばしたのと同時、突然、突風が吹いた。

小吉さんの手からスルリと抜けた手紙が、勢いよく風に飛ばされていく。

「「あッ」」

二人が同時に叫ぶ。明美は道を外れ、飛んでいった藪《やぶ》の中に入って手紙を探した。

「もうなんなの！」

低木の枝にひっかかっていた手紙を見つけて回収する。と、小吉さんが大慌てで
何か叫びながら、こっちに走ってくる。

「ダメです！　そこは！」

「え？」

周囲を見ようと一歩下がった瞬間、突然地面がなくなった。

「きゃあああ！」

バキバキと木の根みたいなものに引っかかりながら、明美は斜面を伝って下に落ちた。

「お客さん！　大丈夫ですか？　ここ、草木が茂っていてわかりにくいけど穴が開いてる場所で！」

言われなくても身をもって体験したところだった。が、すり鉢状になっていたおかげで、大きな怪我《けが》などはなさそうだった。深さはおそらく三メートル半くらい。地上で心配そうに見てくる小吉さんと目が合う。

「だ、大丈夫です、たぶん」

「よかった～」

「でもこれ、どうしたらいいでしょう？」

「自力で出るのは無理です！　ロープを家から持ってきて引っ張り上げますか
………らあああ！」

急に叫んだと思ったら、今度は小吉さんがバキバキとすごい音を立てながら滑り落ちてきた。

明美は隣で仰向けに倒れる巨体に、「なんで!?」と尋ねた。

「……面目ない。足を滑らせました」

「ええ～」

気の抜けた明美の声が、穴の中にこだました。


スマホは当然のように圏外。土壁はもろすぎて、とても登っていくことはできなそうだった。小吉さんは「すみませんすみません」と、さっき明美の腰を抜かさせた時と同じ口調で謝るばかりで全く頼りにならない。

「もう謝らないでください。そもそも私の不注意なんで。むしろ巻き込んでごめんなさい。でも、これ、どうします？」

「暗くなっても僕らが戻らなければ、楓さんが何かあったと思って捜しに来るはずです」

「そんなにうまく見つけてもらえますか？」

「正直こっちにはすぐに来ない可能性もあります……。夜まで捜して見つからなければ、楓さんも捜索隊を呼ぶでしょうね……」

「クマは？」

「クマも怖いけど、僕は楓さんが恐ろしいです」

急に疲労感に襲われて明美はへたり込んだ。もう何かどうでもいいという気持ちだった。どうして自分がこんな目に？　傷心旅行に来ただけのはずが、なぜか山奥の穴に落ちて、身動きできなくなった。まるでバチが当たったみたいだ。バチなら私を捨てた、あの最低野郎に当たるべきじゃないか。もうどうなってもいい。どうせ心配してくれる人もいない。いや、両親は心配するだろうが、婚約が流れたことをまだ伝えておらず、できれば会いたくない。このまま死んだ方が、いっそ清々するかもしれないと、どんどん気持ちはネガティブになっていく。

小吉さんが上に向かって、頼りない声で助けを求めて叫んでいる。でもペンションより先のこの場所に人がそう来るとは思えない。小吉さんが一番知っているだろうに。

「もう座ってましょうよ。騒いだって疲れるだけです」

やはりただのポーズだったようで、すぐに明美の隣に座った。

「叫んだら腹が減りました。普段叫ぶことなんてないもんで」

「さっき特大おにぎり二つも食べたじゃないですか」

「あ、そうでした。それより手紙は無事でした？」

「おかげさまで！」

乱暴にポシェットを叩《たた》いて返事する。

「よかった。にしても、よっぽど大切な手紙なんですね。あんなに必死で追いかけて。恋人からの手紙とかですか？」

「これは婚約直前だった私をフッて、別の女に乗り換えた男が最後に寄越した手紙です。直接会って説明するのが怖くて逃げた卑怯者《ひきょうもの》の手紙です」

明美が捨て鉢に言うと、小吉さんがわかりやすくうろたえた。

「そそそ、そんなもの、どうして大切に持ってるんです？」

本気で疑問に思っているような声で尋ねてくる。

体育座りの明美は腕を胸に引き寄せて、ぎゅっと唇を噛《か》んだ。

「だって……ちゃう」

「え？　だってなんです？」

「……ちゃう」

「チャウチャウ？　犬の？　すいません、今ひとつ聞こえないんで、もう少し声量を上げてもらっても？」

明美はやけになって叫んだ。

「だから、だって捨てたら全部なくなっちゃうって！」

そんな本音が自分の口から出るなんて、と驚いた。しかも、ついさっき会ったばかりの人相手に。

「はあ……。えっと、意味がよくわからないのですが？」

「私、この男と結婚するのを目標にずっとこの三年間、生きてきたんです。必死にアピールして振り向かせて、仕事が忙しくても料理教室に通って料理覚えて、いつも相手を立てて将来いい妻になるアピールして、彼が嫌がるから男友達も全員切って……こんなに何かに頑張ったことなかったんです」

明美は汚れたウォーキングシューズの爪先をじっと見つめていた。

「彼がとても好きだったんですね？」

小吉さんが同情するように声をかけてくる。

「彼、うちの会社で一番有望って言われてたんです。仕事もできるし、顔もよくて女子にもモテるし。ちょっと自己中でナルシストなところもあったけど、でもそのくらいは許容範囲かなって」

「許容範囲……つまり自分の本来の許せる基準から多少は逸脱しているけど、我慢できなくはなかったということですか？」

「まあ、そうです。ちょっとウザいし勝手な人だなって思う時もあったけど、他の条件がすごく魅力的だから目を瞑《つぶ》れるかなって」

「うん？　それって変じゃないでしょうか。人を好きになるっていうのは、その人のいいところも悪いところも全部愛おしいと思えることじゃないんですか」

悪気など一切なさそうな顔で正論を言われて、明美はカッとなった。

「あなたはいいですね。大好きな奥さんと結婚できて。人を好きになる大変さや苦しさなんてわからないでしょ？」

精一杯の皮肉のつもりだったが、小吉さんは「う～ん」と腕を組んで考え込んでから言った。

「大変さはわからないけど、苦しいって気持ちはわかります」

「え？」

「僕は楓さんと一緒で幸せだけど、楓さんも幸せかなあって」

「結局おのろけじゃん」

明美は呆れて笑ったが、

「僕ら、何もかも全部捨てて、ここに来たんです」

小吉さんの言葉に思わず声が止まった。

頭上で鳥が澄んだ空気によく通る声で鳴いた。

陽もだいぶ翳《かげ》りだし、穴の中は仄暗《ほのぐら》く、だいぶ肌寒くなってきた。自然と小吉さんの方に肩を寄せて、話の続きを聞いた。

「うちはけっこう厳しい家柄でしてね、僕は落ちこぼれだけど親族のコネで大学の研究所入れてもらってたくらいだし。結婚相手もちゃんとした良家の人じゃないと認めないなんて古い家なんですよ」

「へえ」

「でね、楓さんを両親に紹介したら、えらく反対されまして」

「え？　どうしてですか？」

ほんのちょっと言葉を交わしただけでも、楓さんが魅力的な人なのは伝わってきた。親切で、明るくて、包容力がある人。

「楓さん、離婚歴があったんです。別にそんなの、僕からしたら何にも問題になりません。大事なのは今です。でも両親は『バツイチなんて息子の結婚相手にふさわしくない』なんて言い出しまして。まるで楓さんが穢《けが》らわしい存在みたいに言うんです。僕、人生で初めて本気でキレましてね、それで家族も仕事も全部捨てました」

最後に、小吉さんがぽそっと付け加える。

「そういうわけで、行き着いたこの場所でペンションを始めたんです」

そんなドラマみたいな話が本当にあるんだと、明美は驚いた。屈託なく笑う楓さんに、そのような複雑な過去があったとは想像もつかない。もちろん隣の小吉さんにも。あれ。もしかして、だからペンション・ワケアッテ？　わけあってペンション……。ワケアリなのは客じゃなくてオーナー夫婦の方だった……？　今はどうでもいいその事実を知ってしまい、明美はけっこうな衝撃を受けた。

　小吉さんのシューズを集団からはぐれた大きな蟻《あり》が這《は》っていた。小吉さんはそっと指先に乗せると、巣穴の近くに下ろしてやった。

「でも、僕、こんな身なりでしょう？　子供の頃から何をやってもトロいし、人見知りですぐにパニックになるし。取り柄は自然の知識くらいで、それだって人間社会ではなんの役にも立ちません」

　小吉さんはそう言うと、どこかさみしげに微笑んだ。

「だからね、いろんなものを失ったりいろんな人を傷つけたりしてまで僕を選んだこと、楓さんが後悔してないかなって思うと、怖くなります。彼女が僕のために手放さなきゃいけなかった暮らしとか人々のことを思うと、とても胸が苦しくなります」

「どうして、そこまで楓さんのことを好きになったんですか？」

　小吉さんみたいな浮世離れした人が、どんな理由で人をそこまで好きになるのか、明美は気になった。小吉さんは照れまくって、「いやあ」と頭をかいたが、しつこくお願いすると答えてくれた。

「そうだなあ、あえて言うなら僕の好物を知ってたから、ですかねえ」

「なんですか、それ？」

「彼女、僕の勤め先の大学の学食で働いてたんです。僕は他者にあまり興味がなかったので、全然知りませんでしたけど。でもある日、僕がいつものように学食で注文したら、きゅうりの酢漬けが山盛りに盛ってあって。僕が不思議に思って見たら、『お好きですよね？　内緒でサービスしておきました』ってニッコリ笑うんです」

「きゅうりの酢漬け、好物なんですか？」

「ええ。いや、実はね、楓さんに言われるまで自分でも気づいてなかったんです。そもそも何かを美味しいってそんなに思ったことがなかった。でも、定食の付け合わせがきゅうりの酢漬けの時、たしかに僕、ちょっとだけテンションが上がってたんですよね」

明美は思わず笑った。

「別に僕だけ特別待遇だったんじゃないですよ？　みんなにそういう優しい目を向けられる人だった。そういう彼女がすごく素敵に思えたんです。それでふいに思ったんです。ああ、この人の好物を僕も全部知りたいなあって。そしたら胸がなんだかムズムズして……」

「……好きだって思ったんですね？」

「そう、人を好きになるってこんな感じかなって初めて思ったんです」

「さっきのおにぎり」

「ん？」

「あれも小吉さんの好物ですか？」

小吉さんが照れくさそうに笑って、「そうです」と頷く。

「あれは、たぬきおにぎりっていう天かすと麺つゆを混ぜただけのおにぎりなんですけど、衝撃の旨さで。初めて楓さんに作ってもらった日には十二個食べました」

明美はガバリと勢いよく立ち上がった。

「え？　なに？　どうしたんですか？」

「なにってここを出るんですよ！」

「急にどうしてそんなやる気出したんですか？　さっきまで無駄なことはやめようって言ってたじゃないですか」

「私も、小吉さんみたいに、この人の好物を全部知りたいって心から思える人に出会うまで死ねないです」

「いや、死にませんよ。大丈夫、助けが来ますって」

「私、間違ってました。世間からどう見えるかとか、将来性とか、そんなことばっかり考えて、料理教室でだって見栄えのする料理しか覚えないで、彼の好物を知りたいなんて思ったこと、一度もなかったんです。彼もきっとそうだった。私の好物なんてたぶん、一つも知らなかった」

さっきまでの自分が嘘みたいに、全身にエネルギーが溢《あふ》れるのを明美は感じた。何がなんでもこの穴から抜け出してやるという気持ちがわいてくる。小吉さんの話を聞いて、真っ黒だった心が、オセロみたいにくるりと全部白にひっくり返ったようだった。

私は、ここから自分の力で抜け出して、そして新しい一日を始めるのだ。まだ出会っていない本当に心から愛せる誰かに出会うために。この人のためなら、何もかも捨ててもいいと思えるくらい大切な誰かに出会うために。

「肩車してください。地面に手が届いたら、這い上がります！」

「それは、さすがに無理じゃないですか？」

「死ぬ気でやれば、きっとできます！」

「本当にさっきと同じ人？　別人格か何かですか？」

困惑する小吉さんの肩に半ば無理やりまたがって、明美は必死に穴の入り口に触れるまで手を伸ばした。

もう少し。もう少し。やればできる。

何度かトライして、やっとのことで手が地面に触れた。明美は腕に渾身の力を込めて這い上がった。

「やった！　出れた！」

穴から転がり出た明美が両腕を高々と上げて大声で叫んだ。疲労困憊《こんぱい》だし全身泥だらけだけど、清々しい気分だった。そうだ、自分はずっと穴に落ちていたのだ。暗くて深い穴に。途中からはそんな自分に浸ってさえいた。でも、今たしかにそこから這い上がった。

「ありがとう、小吉さんのおかげです！」

明美が穴の底に向かって叫ぶと、

「脱出おめでとうございます。……それで、僕はどうなりますでしょうか？」

と、ものすごく心細そうな声が返ってきた。

「い、今、助け呼んできます！」

やっと小吉さんの状況に気づき、明美は大慌てで楓さんを呼びに行った。

結局、二人を捜しに出ていた楓さんとは途中で会えたのだが、女二人では巨体の小吉さんを引き上げることはできなかった。それで近隣の住民たちの手を借りて、やっとのことでの救出となった。

半泣きの小吉さんをペンションに連れて帰った頃には、もうとっくに日も暮れていた。明美がゆっくり風呂に浸かって一階に下りていくと、疲れ果てた小吉さんがソファで眠るそばで、暖炉の火があたたかく燃えていた。炎の光が部屋の調度品にも小吉さんにも深い陰影を作り、影たちはまるで生き物みたいに、静かにゆらめいている。窓の外は街灯もなく本物の真っ暗闇《やみ》で、都会の夜とは全然違うんだと思った。

「明美さん、本当にごめんなさいね。怪我とかしてません？」

暖炉の前のソファに座ると、同じく泥だらけだった体を洗って出てきたばかりの楓さんがそばに来た。

「大丈夫です。ちょっと擦り傷ができただけ。それに私が悪いんです、不用意に森の中に入ったりして。小吉さんも本当にすみませんでした」

「いいえ、小吉さんは反省すべきです。今日は夕飯抜きですからね」

横の小吉さんは半分眠ったままで、

「そんなご無体なあ」

と、この世の終わりのような声を出す。

「無事だったからよかったものの、大切なお客様を穴に落とすなんて」

「落としてはいないですよ～。一緒に落ちただけです」

と小吉さんも必死に抗弁するが楓さんは聞く耳持たず、

「山のプロの小吉さんがなんで落ちるの？　それにね、引き上げるのがどれだけ大変だったことか。もうあなたは小吉じゃなくて、大吉に改名すべきよ」

「体のデカさは、楓さんが僕に食べさせるからです」

「言い訳無用！」

「はい！　反省しております」

小吉さんはソファから勢いよく起き上がり、深々と頭を下げる。

暖炉の炎の前でそんな珍妙なやりとりを繰り広げている二人は、大変な過去を抱えている人には明美にはとても見えなかった。だけど、いろんなことを引き受けて、選んで、今この二人はこの場所にいるのだ。そんな強さが自分も欲しいと明美は思った。

「あの、ちょっとお願いがあるんですけど」

「はい、なんでしょう？」

楓さんが不思議そうに聞いてくる。

「あ、そんな大したことじゃないんだけど」

笑いながら、明美はポシェットから例の手紙を出した。

「これ、暖炉で燃やしてもいいですか？」

「えッ」と小吉さんが驚いている横で、楓さんはまたも不思議そうな顔をする。

「燃えるものなら大丈夫ですけど、それは手紙？　いいんですか？」

明美が「はい」と頷くと、小吉さんが「えええ？」と慌てて口を挟んだ。

「燃やしちゃって本当にいいんですか？　あんなに大切そうに持ってたのに。そりゃそんなの持ってない方がいいとは思いますけど……」

「もう大丈夫。そう思えたから。ここで燃やして、それでもう全部忘れて、また新しく始めようと思います」

「そうですか」

小吉さんもその言葉を聞いて安堵《あんど》の表情を浮かべた。

「じゃあちょっと、やっちゃいますね」

明美はそう言うと、一番火が上がっている薪《まき》の上にそっと手紙を置いた。白い封筒にすぐさま炎が移り、ゆっくりと灰になっていく。明美はそれが消えてなくなるまで、ずっと見つめていた。

楽しい思い出だっていっぱいあった。その時の自分たちまで否定したくないし、彼の全てを憎んで終わりたくもなかった。自分の期待とは違う結末だったとしても、過去の全てを恨んで生きたくないと思った。

炎には心を安らげる効果があるというが、燃えていく手紙を見ている明美の心は意外にも穏やかだった。

炎に魅入られるように最後までじっと見届けて、

「ありがとうございます。これでスッキリしました」

顔を上げると、涙が頬《ほお》を伝った。驚いて、それを手で乱暴に拭《ぬぐ》う。

楓さんはすぐに気がついて、明美の隣に腰掛けた。それからそっと明美を抱きしめた。洗い立てのシャンプーのいい香りが、楓さんの髪からふわりと漂ってくる。

「何があったのかわからないけど」

楓さんは、明美の背中を子供をあやすみたいにぽんぽん叩いて言った。

「きっと大変だったのね。つらかったのね」

明美の両目から涙がぶわりとあふれた。思わず、楓さんの肩に顔を埋《うず》めて泣く。

「かわいそうに。こんなに傷ついて」

そうか。私、誰かにかわいそうだって言ってほしかったんだ。傷ついてつらくて怒りたくて許せなくて、そういう自分を誰かに慰めてほしかったんだ。

弱みを見せたら負けだと、心のどこかでずっと思って生きてきた。ずっと気を張って生きてきた。そうしていつか、自分の本心すらわからなくなってしまった。

楓さんのあたたかい体温が、そんな明美の心を春の雪解けのようにとかしていく。

明美は何も憚《はばか》ることなく、ただ泣きたいだけ泣いた。

しばらくして気持ちもだいぶ落ち着くと、楓さんがティッシュ箱を渡してくれる。

礼を言って、受け取って涙と鼻水を拭いた。

「大丈夫？　落ち着きました？」

「ありがとうございます。もう大丈夫です」

自分は本当にもう大丈夫だと思った。まだ時間はかかるかもしれないけれど、これからゆっくり立ち直っていける気がする。

するとタイミングよく、明美のおなかがぐうと勢いよく鳴った。

小吉さんの腹の音にはだいぶ負けるが、それでもかなりの音だった。何しろここしばらく、ろくにまともなものを食べていなかったのだ。気持ちが楽になった途端、一気に空腹が押し寄せてきた。

「なんかすみません……」

泣いたり腹を鳴らしたりと、普段の自分からはあり得ない醜態を晒《さら》してしまい、恥ずかしくなって謝った。楓さんはふわりと微笑んで、

「よし、ご飯を食べて元気を出しましょうか。あら、もう九時過ぎてるんだ。もうこれじゃあ夜食の時間ね」

そこまで言って突然、「ああ！」と大声を上げた。

「下拵《したごしら》えの最中に二人を捜しに出たから、まだ何も用意できてない……」

「ええー！」

夕飯抜きを宣告された小吉さんが、なぜか真っ先にがっかりする。

元はと言えば自分のせいなので、明美としては責める気にもならない。「どうし

ようどうしよう」とおたおたする楓さんのそばで、自分は今何が食べられたら嬉《うれ》しいかと考えて、ピンとひらめいた。

「私、小吉さんが食べてたおにぎりが食べたいです」

「え？　たぬきおにぎりのことですか？」

「そう、それです」

「ご飯は炊いてあるから、すぐできますけど。あんなのでいいんですか？」

「あれがいいんです」

明美は力を込めて言った。

「実はお昼に小吉さんが食べてるの見てから、ずっと気になってたんです」

「え～、昼に一つ食べませんかって、僕、聞きましたよね？」

小吉さんが言うと、

「私、悲劇のヒロインやってたんで。それが、いきなり特大おにぎりを頬張るのはちょっとね」

明美がいたずらっぽく笑ってみせると、「人間の心は複雑ですねえ」と感心した声が返ってきた。

「お待たせしました」

ご飯粒をつやつやに光らせたおにぎりが山盛り載ったお皿が、明美の座るダイニングテーブルに置かれた。

昼の特大サイズとは違って、ころんとしたフォルムの小さなおにぎり。ご飯はほんのり茶色で、きつね色の天かすがあちこちから顔を覗《のぞ》かせている。楓さんアレンジで刻んだシソも入っているそうで、細かい緑が彩りを加えている。麩《ふ》のお味噌汁と白菜の漬物までついていて、豪華版だった。

夜も深まるにつれ静けさも増し、暖炉の中で薪がパチパチ燃える音が、より際立って聞こえる。まだ目の端を少し赤くした明美が「いただきます」と手を合わせて、おにぎりに手を伸ばした。

食べた瞬間、麺つゆの甘さと天かすの香ばしさが口いっぱいに広がる。

「わ、美味しい」

本当に思わずという感じに、声が出た。

相性抜群の両者の溶け合った味の中に、シソの爽やかさをほのかに感じる。天かすで味にパンチは効いているけれど、後味は不思議と軽くて食べる手を止められない。まさに、夜食メシという感じだった。

ほっと懐かしくて、あたたかい味ってこういうのを言うんだなあ、と思う。田舎の祖父の家を思い出すような味。自然と胃の奥から活力がわいてくる気がする。

空腹を直撃された明美は、あっという間に一つ平らげてすぐに二つめに手を伸ばした。

「何個でもいけそう」

「うふふ、それはよかった」

と楓さんが喜ぶ。

「ボウルにご飯と材料を混ぜて、握るだけだから誰でもできますよ。私はシソがさっぱりしてて好きだけど、ネギとか胡麻《ごま》とか入れても美味しいはず」

「あ、それも合いそうです」

明美が言うと、「そういえば」と思い出したように楓さんが言う。

「このおにぎり、南極観測隊の隊員さんたちの間ですごく人気の夜食だったんですって。孤独でつらい夜の除雪作業の時に、これを食べて慰められたんだとか」

今まさに、そんな気持ちだった明美はそれを聞いて納得した。

あたたかくて美味しい食べ物はこんなにも、心を慰めてくれるものなのか。遠く日本から離れた極寒の夜に食べて救われた隊員の気持ちが、全く状況は違っても、ほんの少し明美にもわかる気がした。

「いいなあ。僕も食べたいなあ」

なぜかテーブルの向かいに座っている小吉さんが、おにぎりをじっと見つめながら切なそうな声を上げる。おあずけを食らったクマのようだった。

「小吉さんもどうぞ」

と明美がすすめると、小吉さんの目に光が宿った。

「いいんですか?」

「はい。この量は私一人じゃ無理だし手伝ってください」

「手伝うかあ。そういうことなら仕方ないなあ、ヌハハハ」

楓さんがやれやれという感じに頷くのを見るや、小吉さんは見せたことのない俊敏な動きでおにぎりを一つかっさらった。そして豪快にかぶりつく。

「本当に好きなんですねえ」

明美も負けじと食べながら言うと、

「さっきも言ったけど、僕の好物ですから」

と、なぜか勝ち誇ってくる。

「私も今日でこのおにぎり、好物になりました」

「おお、それは気が合いますね」

そう言い合って二人で笑った。それから早くも二つを平らげた小吉さんがグラスの烏龍茶を一気飲みしてから幸せそうに、

「ああ、これぞまさにこのペンションの精神ですねえ」

と呟くので、明美は「うん？」と首を傾げた。

「ああ、言ってませんでしたね。うちのペンションの名前、変だと思いませんでした？」

「え？　ええ」

その理由はもう知っていると思いつつ、曖昧に頷いた。

「結婚した時に、僕ら一緒に嬉しいことも楽しいことも苦しいことも、みんな分け合っていこうって約束したんです」

「はあ」

「ペンションを始める時もその精神で、お客さんとも素敵な時間や美味しいものを分け合っていこうって二人で決めたんです」

「というより、私の考案よね？」

と楓さんが横から口を挟む。

明美はあやうくおにぎりを落としそうになった。

「え？　ワケアッテって分け合ってって意味だったんですか!?」

「ええ、そうですけど。ん？　他に意味なんてあります？」

「ワケアリの人が集まるからでも、オーナーがワケアリだからでもなく？」

明美が啞然《あぜん》として聞くと、

「なんですか、それ？」

「明美さんって面白い発想をしているのねえ」

と夫婦は不思議なものでも見ているような顔をする。

「だってタクシーの運転手さんが……」

「運転手ってキクチさんのこと？　あの人、愉快な人だけど割と適当だから全部鵜《う》呑《の》みにしちゃダメですよ？　何か変なことでも言われたんですか？」

と楓さんに心配されてしまった。

しばらく呆然《ぼうぜん》としていたが、おなかの底から、笑いが込み上げてくるのを感じた。

明美はポカンとしている二人をよそに、今日一番大きな声で笑った。

やれやれ。今日一日、その言葉に翻弄《ほんろう》されてきた私はなんだったんだろう。

でも素敵じゃないか、分け合っての精神。

今度ここに来る時は、この人の好物を全部知りたいと心から思える人と、きっと。

このおにぎり、私の好物なんだよ。あなたと一緒に、ここで食べたくて連れてきたの。そう伝えて、楓さんに作ってもらったおにぎりを分け合って食べる。隣に一緒に並んで。

そんな未来を想像すると心が弾み、明美は三つめのおにぎりにそっと手を伸ばした。

夜の言い分。

大沼紀子

＊＊

大沼紀子（おおぬま・のりこ）

1975年岐阜県生まれ。脚本家として活躍する傍ら、2005年、「ゆくとし　くるとし」で第9回坊っちゃん文学賞大賞を受賞し、小説家としてデビュー。11年に刊行した『真夜中のパン屋さん　午前0時のレシピ』は注目を集め、ドラマ化される。著書に「真夜中のパン屋さん」「路地裏のほたる食堂」の各シリーズのほか、『ばら色タイムカプセル』『てのひらの父』『空ちゃんの幸せな食卓』などがある。

真夜中のファミレスは、水族館に似ている。水族館の、水槽のなか。つまり私は、水槽のなかの、いっぴきの生き物にでもなったかのような気持ちになる。

クジラや、サメや、ナポレオンフィッシュ。そんな存在感のある生き物じゃない。カクレクマノミみたいな、かわいいのでもない。クラゲも、ちょっと違うかな。もっと名もなき、灰色の小魚。そんな感じで、私は水のなかをゆらゆらしている。

外は暗いけれど、水槽のなかは明るくて、生ぬるい水に満ち満ちている。騒がしい出来事も起こるには起こるが、みんな一瞬ハッとするだけで、しばらくすればまた、安穏とした時間が流れはじめる。

ひとりの人も、誰かと一緒にいる人も、どこか孤独でどこか寂しげ。笑っていても、泣いていても、みんな等しく生ぬるい水のなか。

だから私は、ここが好きなんだと思う。

真夜中のファミレスって、そんな感じ。

「私……、ケールサラダにしとこうかな。あとドリンクバー」

メニューを見詰めながら、トモちゃんがひどく思い詰めたように言う。

まるでかんばしくない決算報告書を前にした部長みたいに（実際、トモちゃんは食品会社の営業部長なのだけれども）、トモちゃんは眼鏡《めがね》のブリッジを指で持ちあげたりしながら、渋い顔で言葉を続ける。

「いや、やっぱシュリンプサラダに……。いや、それじゃ脂質高くなるよね。夜だしね。ここはやっぱ我慢のケールに……」

そんなトモちゃんの隣り、タッチパネルでメニューを確認していたリサが、ごく涼しげに、かつ軽やかに言う。

「私はビールとステーキサラダだな」

言いながら、ラフに束ねたハーフアップの前髪を、白い指先でサッと流すリサは、旧友の私から見ても未《いま》だ（未だ？）美人だ。美しい彼女は、ネイルとエステのサロンを経営する社長さんでもある。

「あとティラミスも頼んじゃお。夕ご飯食べてないし。仕事頑張ったご褒美ご褒美」

リサの発言に、トモちゃんはのけぞり目をむく。

「ええっ？　こんな夜中に酒と肉と甘味って、リサってば正気!?」

「トモこそ、こんな夜中に声がでか過ぎ」

「太るとか、考えないわけ？」

「別に、最近マシンピラティスはじめたし」

「それ私もやったけど全然だったんだけど」

「才能なんじゃない？」

「太らない才能が、リサにはあるって話？」

「いや、太る才能が、トモにはあるって話」

「ちょっ！　そこは体質って言うべきじゃない？」

そこで私は、ささやかな助け船を出す。笹船くらいの、ちっちゃなのだけれど。

「うんうん、体質ってあるよねー。私も、水飲むだけで太っちゃうからわかるよー」

嘘《うそ》じゃない。もともと太りやすいタイプだった私だけれど、40歳を過ぎたあたりから、本格的におかしくなった。何をしても痩《や》せない、むしろ、痩せる努力をしながら太る、という謎《なぞ》の循環のなかに迷い込んだのだ。夫にそう言ったら、ものすごい風圧の鼻息で笑われたけれど。

しかしトモちゃんは、私よりもっと凄《すさ》まじい循環のなかにいるらしかった。

「たぶんだけど私、空気吸うだけで太る体質なんだと思うわ」

いや空気って！　と私が吹き出しそうになる直前、私の隣りでメニューに見入っていたナオが、ふいに口を開く。

「私は、プリンパフェにするね」

後れ毛を耳にかけながら、しかつめらしくナオは言う。

「てかミニプリンパフェね。ミニのほう」

真面目《まじめ》で几帳面なナオは、先の健康診断で、ヘモグロビンＡ１ｃが正常範囲内ではあるがギリギリの数値、と診断されたことを気にして、以来何かと糖分糖分言っているのだ。

「痩せてんのに甘いものガマンだなんて、ナオも難儀な体質だねぇ」

気の毒そうに言うトモちゃんに、ナオもしみじみと頷《うなず》く。

「痩せてるのに数値ギリギリなのがむしろ怖いんだよね。それ以外はだいたい低めなのに」

「そうだね。でも、だいたい高めなのも普通に怖いよ？　中性脂肪もコレステロール値も血圧も……。あ、これ私のことだけどね」

「ひゃー、トモちゃんったらマジでそんな？」

「マジマジ。体脂肪率なんて三十八パーよ。私の体の三割八分脂肪っていうね」

「え？　私も確か三十五パーくらいだけど」

「ひゃー、ナオったらそんな痩せてんのにマジでー？」

「ひゃー、やっぱ怖い？　やっぱこれ怖いヤツよね？」

ホラー映画でも見ているかのように語らうふたりを横目に、リサが呆《あき》れたように首を振る。

「ったく。ナオもトモも年寄りくさいったら」

するとトモちゃんは、リサのほうに体を向け直して言い切った。

「仕方ないじゃない！　事実私たち、もうそこそこの年寄りなんだから！　私たち、もう48歳なんだよ？　来年には49になるんだよ？」

そんなトモちゃんに、リサと私は一瞬の間ののち、静かに答える。

「……なんで今、無駄に1歳足したわけ？」

「そうだよ。来年のこと言うと鬼が笑うよ？」

しかしトモちゃんは怯《ひる》まず持論を展開する。

「心構えでしょうよ。水風呂には、ゆっくり足先から入らないと、ギャッてなっちゃうから」

そこで素朴な疑問を呈したのはナオだ。

「49歳って水風呂なの？」

するとトモちゃんは自信満々で答えた。

「その先の50歳がキンキンの水風呂なの。だから今のうちから、ちょっとずつ頭と体を慣らしていかないとって話」

そのたとえに、私とナオは思わず頷いてしまう。

「あー、なるほど……？」

「それはちょっと、わかるような……？」

しかしリサがそんな流れをぶった切った。

「はいはーい、注文するよー。もうみんな何頼むか決まったー？」

いつものパターンだった。トモちゃんがわーわー言って、リサが冷静にそれをたしなめて、トモちゃんがまた混ぜっ返して、私やナオが流されそうになると、リサがぴしゃりとぶった切る。若い頃からそうだった。

私と、ナオ、トモちゃん、リサは、高校時代からの友だちだ。私とナオは小中も同じだったり、リサとトモちゃんは中学が同じだったり、おのおのどこかしらで接点はあったのだけれど(田舎《いなか》あるあるだ。狭い町では、みんなどこかしらですれ違っている)、実際に仲良くなったのは高校時代。

一応進学校だったので、卒業後は全員が短大、あるいは大学に進学するため、実家を離れて上京した。私たちの田舎は、本当に田舎だったので、自宅から通える大学は皆無だったのだ。だから自然と、全員が地元を離れるという道を選んだ。

ただし、上京してからは、そんなに頻繁《ひんぱん》に会っていたわけじゃない。むしろ、疎遠な時期が長かったくらいだ。よく会っていたのは学生時代までで、就職、結婚、出産、みたいな、人生の節目っぽい出来事が起こるたび、私たちの間には距離が出来て、30代半ばにもなると、集まることはおろか、連絡を交わすことすらなくなってしまっていた。

また会うようになったのは、五年ほど前のことだ。ひょんなことから再会して、そこで全員があんがい近くに住んでいることがわかり、連絡先を交換するに至った。

とはいえ、しばらくの間は、オンライン上でのやりとりを続けた。再会して半年もしないうちに、コロナ禍に入ったというのもあったけれど、たぶんみんな、どこかで様子見をしていたのだと思う。また会って、本当に大丈夫なのかどうか。

昔の友だちに出くわして、鍋やら壺《つぼ》やらを買わされそうになったって話はよく聞くし、そうじゃなくても、なんだかモヤモヤするような再会を、お互いそれなりに経験していたんじゃないかと思う。40代って、たぶんそういうお年頃。

だから、みんな慎重に、少しずつ距離を詰めていった。ああ、ナオは独身なんだ。リサは、バツイチだっけ？　おお！　私もだよ！　あら、トモとはバツ仲間なのね。子どもは？　うん、女の子がふたり。うちはいなかったんだ。速攻で別れたから。フキコのとこも、ふたりだったよね？　そうそう、男の子と女の子。上の子はそろそろ社会人だったはず。フキちゃん、結婚早かったもんね。いやー、人んちの子の成長は速いってホントだねー。なんて具合に。

そうして、もう大丈夫だろうとなったあたりで、夜のファミレスに集合したのだった。

会ってみたら、拍子抜けするくらい話とノリが合って（昔からの友だちなんだから、当たり前といえば当たり前だけれど）、以来三ヵ月から半年に一度くらいの頻度で、誰からともなく、そろそろどう？　と言い出し寄り合っている。

集まるのは決まって平日の夜中。お互い仕事や家庭があって、そういう時間じゃないと集まれないのだ。

でも、そういう時間だったら、集まれるとも言える。40代って、そういうお年頃。

「そういや、キョンは？　どんくらい遅れるって言ってた？」

タッチパネルを操作しながらリサが訊《き》く。答えたのはナオだ。

「ＬＵＰ見つかったから、三十分以内には着くって。ちょっと前にＬＩＮＥあったよ」

「あっそー。じゃあもうすぐ着く感じね」

キョンちゃんも同じく、高校時代からの友だちだ。彼女も五年前からの再会仲間。

「あの子のぶんも注文しとく？　どうせ海老《えび》ドリアだろうし」

「あの子それしか食べないもんね」

「そだね。ドリアっていつも時間かかるし、注文しちゃうかー」

私たちはこの集まりを、『夜食会』と呼んでいる。夜のファミレスで、本来なら必要のない、余剰カロリーを摂取しつつ、お互いの近況報告や、愚痴《ぐち》、あるいは遠い昔の思い出話や、いつの間にか出来ていた傷の舐《な》め合い、調子がいい時は、将来の展望なんかについて語らう。それが、夜食会の趣旨。

もともとは『女子会』と称していたのだけれど、リサの娘ちゃん（次女のほう。確か今は高校生）に、オバサンが集まってんのに、女子会とか言ってんのメチャきしょいんですけどー、と言われ（もちろん、母親のリサに言ったのであって、私たちに直接意見したわけではない。そこまで全方位的な反抗期ではないと思う）、『夜食会』と改めた。

私たちとしては『女子』という言葉を、若ぶったような感覚で使っていたわけじゃない。どちらかといえば、女子マラソン、女子柔道、女子ゴルフ、的なニュアンスで用いていたはず――。いや、それはちょっと言い過ぎかな。正直なところ、心の奥の奥のほうをのぞいたら、浮ついたような気持ちも、ほんの少しはあったかもしれない。『女子会』という響きに、なんとなく華やいだような、ワクワクするような感覚がよぎったのも、事実といえば事実。

でも、リサの娘ちゃんのみならず、年かさの女たちが『女子会』なる言葉を使うことに、眉をひそめる層も一定数いるらしいと知り（これはトモちゃんからもたらされた情報だった。ソースはネットの掲示板。掲示板？）、私たちは速やかに改称を決断した。

特に信念があるわけでもない言動で、他人から揚げ足をとられたり、不本意な誹《そし》りを受けるのはまっぴらごめん。それが私たちの一致した見解だったからだ。

ババァのクセに、とか言われるのホント無理だし、と吐き捨てたのはリサで、我々にはそれを避けるだけの叡智《えいち》があるわけよ、と鼻を鳴らしたのはトモちゃんだった。亀の甲より年の劫《こう》。君子危うきに近寄らず、ってね。さすが私たち、聡いよね。うん、ダテに半世紀近く生きてない。

だから『夜食会』。

これなら、文句はありませんでしょ？

私とナオ、キョンちゃんは、ふたりの言い分に、だね、うん、確かにー、などと大いに頷き、夜食会ってなんかいいよね、と言い合った。

夜食って、なんかおいしい響きだし。わかるー。おまけ感もあるしね。ちょっとだけ背徳感もあったり？　余計なもの食べてる感じがいいんだよねー。ねー。

飲み物が揃《そろ》ったところで、話を切り出したのはリサだった。

「とりあえず、キョンが来る前に相談しときたいんだけどさ」

リサだけビールで、他のみんなはソフトドリンクで、形ばかりの乾杯をし、キョンちゃんに関する懸案について話し合う。

「――みんな、ご祝儀はまだなんだよね？」

その言葉に、私たちは目配せをし合いながら頷く。

「うん、コロナ禍も明けたし、ワンチャン結婚式あるかもって思ってて。お式じゃなくても、ほら、パーティー的なヤツとか？」

「確かに、そういうのがあるんなら、ご祝儀はその時でいい感じだもんね」

そう。なんとキョンちゃんは、半年ほど前に入籍したばかりの新婚さんなのだ。御年48歳の花嫁。

結婚の報告があったのは、三ヵ月前の夜食会でのこと。あ、私、前に話した人と、このたび入籍の運びとなりました、とキョンちゃんはまるで天気の話でもするかのように、さらりと報告してきた。ま、単に籍入れただけで、別になんも変わんないから、今まで通り普通に誘ってねー、なんて軽いノリで。

「けどキョン、結婚式はしないつもりだって言ってたよね？」

「うん。お互いもういい年だし、旦那《だんな》さんはバツイチで挙式経験済みだし、別にいいかなーって」

なんでもお相手とは、友だちの紹介で知り合って、すぐに意気投合しお付き合いをはじめたのだそうだ。そしてその直後、世界はコロナ禍に突入。他人と会うことがはばかられるようになり、だったらもう一緒に住んじゃおうよ、という話になって、サクッと同棲《どうせい》をはじめたらしい。

私たちがその経緯を聞いたのは、確かロックダウン中のことだったように記憶している。

みんな、ちょっと驚いていたはずだ。キョンってば、四十路《よそじ》過ぎてんのにフッ軽だねぇ、とトモちゃんは感心したように言っていた（フッ軽？）。なんか、アラサー部下の話を聞いてるみたいな気分だわ……。

ただし、そもそもキョンちゃんという人は、とにかくマイペース、かつ、ふんわりながらパッションで生きているような節がある人なので、私たちとしては、多少の驚きはあったものの、キョンちゃんならまあそういう人生の展開もあり得るよね、と割りにあっさり納得してしまった。

だから入籍の報告も、みんなすんなり受け止めたのだと思う。そっかそっか。それはおめでとう。なんかキョンらしいね。なんて感じで。

ただ、その先の流れが、ちょっとばかり難解だった。

「まあ、お式をしないのはいいとしても、お祝いもいらないって言ってたよね、あの子」

「うん。年も年だから、普通に家財道具は揃ってるし、取り立てて欲しいものもないしー、みたいな」

「でも、こっちとしては、そういうわけにもいかないよねぇ？」

みんな飲み物を口に運びつつ、おのおの首をひねる。

「確かに、私の時は、結婚式にも二次会にも来てもらったからなぁ。ご祝儀も普通に頂いちゃったし。なのに、速攻で別れちゃって——。今思えば、なんか申し訳ない話だわ」

と、トモちゃん。リサも続く。

「私も同じだよ。うちは式こそやらなかったけど、お祝いはちゃんと頂いちゃったし。確かご祝儀と……、そう、クレージュのスプーンセット貰《もら》ったんだったわ。あのスプーン、まだ使ってるんだよね。貰ったの二十年も前なのに、すごくない？結婚生活の四倍以上長持ちしてるんですけど」

私も言っておく。

「私も来てもらった。結婚式と、二次会も。そういや、お式ではチェロの演奏して貰ったんだよねー。シャ乱Qのズルい女。あの演奏、ホント素敵だったなー」

キョンちゃんは音大を出ていて、卒業後は別の本業を持ちつつ、音楽の仕事も細々と続けている。今は確か、不動産会社でバイトをしつつ、夜は馴染みのバーで、演奏の仕事もしているはず。だからいつも、集合にちょっと遅れる、というのもある。

「なるほど、なるほど……」

結婚経験組の話を聞いたナオが、審判よろしくジャッジを下す。

「じゃあ、やっぱりなんかしないとね。こういうのって、お返し的な側面もあるし」

親しき仲にも礼儀あり。あるいは、付き合いが長くなればなるほどに、過去に交わされたあれやこれやが、思わぬ未来で表出してくるってことなのかも。

食事が運ばれてきたのはその段だ。トモちゃんの前にはシュリンプサラダ（けっきょく食欲に負けたのだ）が、リサの前にはステーキサラダ、ナオの前にはミニプリンパフェが、それぞれ並ぶ。それぞれが選んだ、本日の余剰カロリーたち。

一緒に置かれていったカトラリーケースから、手早くトモちゃんがフォークスプーンをそれぞれに配る。配りながら話を続ける。

「でも、ホントにキョン、お式やらないつもりなのかなぁ？」

「まあ、コロナ禍もあって、結婚式しない人増えてるっていうしね」

「確かに、そうは聞くけど……」

何か言いたげなトモちゃんに、ナオが誘い水を出す。

「どしたの？　トモちゃん。キョンちゃんに、結婚式挙げて欲しいの？」

するとトモちゃんは、肩をすくめて言い出した。

「実は、うちの兄がちょっと前に結婚してさ」

その告白に、私たちは目を見開く。

「えぇっ!?　そうなの!?」

「それはおめでとう！」

「てか、トモのお兄さんっていくつだっけ？」

　リサに確認されたトモちゃんは、ちょっと言いづらそうに口を開く。

「……51歳。ついでに初婚」

　その説明に、私たちは思わず、「おお～」と歓声をあげてしまう。自分たちとさほど年が離れているわけでもないのに、やはりこの年頃の結婚話には、なぜかちゃんと驚いてしまう。

「51歳……」

「水風呂明けだね」

「ちなみに奥さんは？」

「50歳」

「キンキンの水風呂じゃん」

「いや、そこはアツアツの温泉だったんじゃない？」

「あ、そっか。新婚さんだもんね」

「いや、アツアツっていうより、ほどほどのぬるま湯って感じだったけど……」

　言いながらトモちゃんは、ドリンクバーから持ってきたコーンスープを口に運び

（一杯だけだから許して！　と誰に謝っているのかわからないけれど、とにかく許しを請うて注いでいた）、ひとくちのみ込んだ後、しみじみ語りだした。

「我が家としてはさ、私も両親も、兄は結婚しないもんだとばっか思ってたわけ。妹の私からしたら、うちの兄って、特に優しかないけど意地悪でもないし、酒癖も悪くないし、ギャンブルもやらないし、普通に働いてるし？　別に悪い人間じゃないと思うんだけど。まあ、とにかくずーっと女っけがなくて。もしかしたら、なんていうの？　今で言う、ＬＧＢＴＱ的な？　そういうのなのかなーって漠然と思ってたわけ」

トモちゃんの話に、私たちは黙って耳を傾ける。

私の記憶が確かなら、トモちゃんのお兄さんとは、トモちゃんの結婚式で、一度だけ会ったことがある。

確かに、悪い印象はまったく受けなかった。トモちゃんのお兄さんは、トモちゃんと顔がよく似ていて、男版トモちゃんみたいで——。というか、トモちゃんの家族は、ご両親もなぜかお互い顔が似ていて、ちょっと笑ってしまった記憶がある。みんな丸顔で、眉毛が少し下がってて、顔いっぱいで笑うタイプの人たち。

「でも、その兄が、急に結婚するって言い出して。結婚式も、もちろんやるって言うから、親も親戚もビックリしちゃってさ。だって、花嫁と花婿の年齢足したら

101歳なんだよ？　両家の親も、全員後期高齢者だし。呼べる親戚だって老人ばっかりで、若い人なんてもうほとんどいないしで……」

私は、ほぼ高齢者で埋め尽くされた披露宴会場を思い浮かべる。やっぱり、食事は少な目で、やわらかなものが中心なんだろうか？　ステーキはちょっと、キツいかもね。そこはお魚のほうが、いいような。お酒はみなさん控えめかもね。もう若くないんだから、なんてお互い言い合ったりして。きらびやかな高砂《たかさご》には、合わせて101歳の新郎新婦。花嫁さんの衣装は、やっぱり純白のドレスなのかしら？　それとも、古式ゆかしき白無垢《しろむく》とか？

リサとナオも、私と同じだったのだろう。ふたりとも、何かを思い浮かべている様子で、興味深そうにトモちゃんの話に聞き入っている。

トモちゃんも、お兄さんのお式を思い出すように、遠くを見詰めながら言葉を継いでいく。

「けど、そのお式がさぁ……。なんていうか……。――すっごい、よかったんだよねぇ……！」

その言葉に、私たちは揃ってトモちゃんのほうに目をやる。ちょっと意外なような、でも、なんとなく、それもわかるような気分で。

「ホント、よかったの。コロナ禍明けってのもあったんだろうけど、両家の親族が、久々に集まったみたいになってさ。元気だったかー、とか、よく生きてたなー、とか、とにかく、よかったよかったって。みんな、抱き合ったり、泣いちゃったりして……」

トモちゃんの言葉に、私たちも息をつくように頷く。

「ああ、なるほど」

「それは、それは……」

トモちゃんは、小さく笑って言葉を続ける。

「それ見て、兄ったら妙に誇らしげな顔しちゃってさ。隣りでお義姉《ねえ》さんも、すごく嬉《うれ》しそうにしてて……。なんか私も、ホッとしたっていうか……」

そこでリサが、ビールをグイッと飲み干して付け足した。

「お兄さん、いい人見つけたんだね」

するとトモちゃんは、声にならないような小さな声で、うん、と頷きまた笑った。

「……兄にしては、上出来だった」

キョンちゃんが到着したのは、私たちがそんな話をし終えた直後のことだった。

「ごめんごめーん！　キックボードがなかなか見つかんなくてー！」

日々の移動手段が、主にシェアサイクルだというキョンちゃんは、時々そんな遅刻理由を口にする。シェアサイクルって、私にはよくわからないのだけれど（たぶんトモちゃんもわかっていない）、リサとナオが理解しているようなので、私とトモちゃんもわかったような顔をしている。自分だけ、新しい文化に乗り遅れている感は、なんとなく出したくない。

ちなみに、トモちゃんのお兄さんの結婚式話に、軽く心を打たれてしまっていた私たちは、やって来たキョンちゃんに、到着早々結婚式の開催について問いただしてしまった。

「あのね、キョンちゃん」

「お式のことなんだけど」

「どうすんのかなー、なんて……」

しかし、キョンちゃんの返答はあっさりしたものだった。

「え、やらないよ？」

笑顔で答えるキョンちゃんに、それでも私たちはちょっとだけ食い下がる。

「でも、キョンってドレス似合いそうだし」

「うん、キョンちゃんのドレス姿見てみたーい」

「失敗した私が言うのもなんだけど、やっぱりお式って、やって悪いもんじゃないと思うのよね」

「そうそう。お相手はバツイチだって話だけど、キョンちゃんは初婚なわけだし」

するとキョンちゃんは、ハハッと笑って私たちの意見を一蹴した。

「いやいや、いいって。私も同棲二回失敗してるから、準バツイチみたいなもんだし。両家の親も熟年離婚してて、誰を式に呼ぶのか考えるのもメンドいし。ドレスも、似合う旬は逃したって気がするし。普通に考えて、遠慮しときますって感じなの。でも、みんながそう言ってくれるのは嬉しい。ありがと！　じゃ、ちょっとトイレ行ってくるわ。最近トイレ近くてさー。寒いと余計！　もう年だねー」

誰も、二の句が継げなかった。

けっきょくキョンちゃんへのご祝儀は、連名にして、次の夜食会で渡そうという話になった。

「えー！　もう注文してくれてたのー。海老ドリアー！　ありがとー！」

キョンちゃんの海老ドリアは、キョンちゃんがトイレから戻ってくる直前に運ばれてきた。まったくナイスなタイミングで、私たちは笑顔のキョンちゃんを、やはり笑顔で見詰める。

運ばれたばかりの海老ドリアは、見るからにアツアツで、溶けたチーズが艶《つや》やかだ。毎度のことなのだけれど、この遅れてやって来る海老ドリアのおかげで、いったんは落ち着いていたはずの食欲が、みんな再び呼び起こされてしまう。

「私、もう一杯ビールと……。ポテトも頼もうかな……」

「ねぇナオ、私とヨーグルトパフェシェアしない？」

「ちょっとヤダ、トモちゃん。大好き」

余剰なカロリーを、さらに摂取することとなる。

そんなことなどつゆほども知らないキョンちゃんは、おいしそうにハフハフ海老ドリアを頬張《ほおば》りながら、ふと思い出したように言い出した。

「そうだ、リサ。こないだアオちゃんのＴｉｋＴｏｋ見たよー。ギター上手に弾けてて感心しちゃった」

キョンちゃんの発言に、リサがうっと言葉を詰まらせたような顔になる。

「え？　何？　てぃっくとっくって？」

「アオちゃんって、リサの娘ちゃんだっけ？」

「確か、下の子だよね？」

私たちの問いかけに、リサはギュッと眉間にしわを寄せたあと、慌ててそのしわを指で伸ばしはじめる。

「ああっ、ダメッ。ここのしわはホントにダメなんだから――」

しかしキョンちゃんは、良くも悪くも無邪気なところがあって、狼狽《うろた》えるリサを特に気にする様子もなく、屈託なく我々の問いかけに答える。

「うん、そだよ。アオちゃんって、リサの娘ちゃんのアオイちゃん。今バンドやろうとしてて、弾き語りをＴｉｋＴｏｋにあげてるの」

キョンちゃんの説明に、私たちは、「へえ～」と声をあげる。

「バンド……」

「弾き語り……」

「てぃっく、とっく……」

リサはその段で大きくため息をつき、何かを観念した様子で事の経緯を説明しはじめた。

「実は、次女のほうがそういうのにハマってんのよ。もう一年ほど前から。私にはよくわかんないんだけど、なんとかかっていう海外のアーティストに影響受けちゃって。部屋にこもって、ギターばっか弾いてんの」

その告白に、私たちは感心したように声をあげてしまう。

「へえ、それで自分の弾き語りをＳＮＳにあげてるってこと？」

「すごいね。やっぱ今の子って、普通にそういうことするんだ」

しかしリサはまったく感心などしていない様子で、憎々し気に言い放った。

「全然すごかないわよ。おかげであの子、成績もガタ落ちで。いい加減にしなさいよ、って私が言ったら、ほっといてよ、って。ママにはどうせ音楽のことなんかわかんないんだから、って。そもそもママはダサい音楽しか聴かないもんね、って。

もう超クソ生意気なこと言ってきてさ。それでこっちもつい、はあ？　言っとくけどママの友だちにもバンドマンくらいいるんだからね！　ってタンカ切っちゃって……。それでキョンに、うちに来てもらうことになったっていうか……」

　そこでキョンちゃんが笑って付け足す。

「あ、バンドマンって私のことじゃないよ？　私の友だち。だから正確には、ママの友だちの友だちなんだけど――。ま、友だちの友だちはみな友だちってね。ね？　リサ」

　するとリサは弱々しく頷き、大きく息をつきながら話を続けた。

「キョンが友だちと来てくれて、ホント助かった。母親の威厳が保たれたっていうか……。ふたりにギターの弾き方まで教えてもらって、アオ、すっごい喜んでた。しかもあれ以来、私とも少し、話してくれるようになったし……」

　リサという人はクールな自信家で、基本人におもねることがない。しかし娘ちゃんに対しては、どうやらそうも言っていられないようだ。ため息をつきつつ、リサは話を続ける。

「もうね、あの子、私の言うことなんて百パー無視なのよ。私の努力も実績も、あの子の前ではビックリするほど無価値なの。もう、ひどいんだから。ママはサロンやって、他人の綺麗と若さを保って、そういうのでお金稼いで、ついでに自分も綺麗にして、それで満足かもしれないけど、私はそういうのじゃ全然満たされないから。むしろそういうのって、空疎って思っちゃう～、とかなんとか言っちゃってさぁ……！　その空疎のおかげで、アンタは毎日ご飯食べて学校にも行って、好きなギターだって弾けてるんでしょうがって話なのにもう……！」

半ば震えるように言うリサを、私たちは慌ててなだめる。

「まあまあ、リサちゃん、落ち着いて」

「うん、しわ、しわ出来ちゃうから」

「そうそう、リサのしわは仕事に差し障るんでしょ？」

するとリサは、ちょっと冷静さを取り戻した様子で、

「ああ、ごめん。そう、そうなのよね……」

と、眉間や口の脇のあたりを、そっと撫《な》でるようにして呼吸を整えはじめた。

追加注文したパフェやらポテトやらビールやらが届く。最初にリサが注文したティラミスも一緒に。だから私たちは、リサのささくれだった気持ちにやすりをかけるような気分で、リサにポテトとティラミスを勧める。

「ほーら、リサ。どうぞどうぞ。甘いのとしょっぱいののランデヴー」

「しかもビール付き！」

「もう無限にいけるやつ」

「いいないいな、私もビール飲みたーい」

するとリサは弱く笑って、本当にポテトとティラミスを交互に口に運びはじめた。

「……確かに、止まんないやつだわ」

私たちが再会した頃、リサは次女ちゃんのことじゃなく、長女ちゃんのことのほうで、ひどく悩んでいた。

なんでも、リサと全然話をしてくれない、とか、気が付いたら勝手に進路を決めてしまっていた、とか、もしかしたら私、嫌われてんのかもしんない、とかなんとか。

けっきょく長女ちゃんは、自宅から通える大学がいくらでもあるなか、北海道の大学に進学してしまったらしい。リサの助言は、一切合切無視をして。

ただし最近では、その長女ちゃんとの関係は改善されているらしく、あの子には、田舎暮らしのほうが向いてたみたい、と前々回あたりの夜食会で、リサもひと息ついていたはずだ。なんか、自然の中にいるとホッとするんだって。そんなふうに言いながら、安堵《あんど》の笑みをこぼしていた。

だけど、甘い出来事のあとには、またしょっぱいのがやって来てしまう。子育てって、なんかそんな感じだったもんなぁ、なんて思いながら、私はリサが吐き出す愚痴を聞き続ける。

「うち、母子家庭じゃない？　アオがお腹にいる時に、夫の不倫がわかって離婚して、そっからはもう、ひたすら必死に働いて、娘たちに寂しい思いさせないように、親子の時間も必死に作って——。私はさ、ひとり親だからっていう、苦労や引け目を、子どもたちには感じさせたくなかったの。だから、あの子たちが望むことは、全部させてあげたいって思ってた。習い事も、やりたいこと全部やらせてたし、アオには中学受験だってさせた。それで、大学まで付いてるエスカレーター式の中学に入れて、これでしばらく安心だって思ってたのに——。アオったら、中三になって突然、付属高校には行かないって言い出して。けっきょく都立高校を受け直したの。それで今は、都立のほうに通ってるんだけど。その理由がさ……、鼻ピアスを、開けたいっていうことでさ——。もう、ひどくない？　必死にお受験して、やっと入った中学だったのに！　この学校のままだと、高校にあがっても鼻ピアス禁止だからって！　しかも、鼻ピアスって言ったたって、小鼻のところに開けるヤツじゃないんだよ？　こう、鼻の真ん中につける、牛がやってるみたいなヤツ！　あれがやりたいって！　もう私、わけわかんなくて——」

それにはさすがに、私たちも面喰《めんくら》ってしまって、「ほ、ほほお……」とうわずったような声をあげてしまう。

「……まあ、時々、いるよね？　そういうのしてる子……」

「うーん……。電車とかで、たまーに見るような……？」

「あれ？　でも、私がリサんち行った時は、アオちゃんそういうのしてなかった気がするんだけど？」

キョンちゃんの問いかけに、リサは弱々しく頷く。

「そうなの。そこまで言って都立に入り直したんだから、私にはわけわかんないけど、アオにとっては、よっぽどのことなんだろうなって思ってたのに……！　入学した途端、やっぱヘンだしやめとくわ～、ってコロッと態度変えて。どういうことかと思ったら、単にその憧《あこが》れてるアーティストが、そういうピアスしなくなったってだけの話なのよ！　我が娘ながら、流されやすいっていうか……。私も、なんかもう……、何やってんだろうって――」

そこで頭を抱えたリサに、トモちゃんが声をかける。

「リサは、そう思うのかもしんないけど。私は今、ちょっと感動してますよ？」

その言葉に、私たちはトモちゃんのほうに目を向ける。トモちゃんは、いつものような顔いっぱいの笑みで、胸を張って言ってのける。

「だって、昔からいつもシレーっと冷静だったリサが、子どものことでこんな取り乱してんだもん。それって、それだけ子どもに一生懸命ってことでしょ？　だから、なんかすごいなーって、感動してます」

トモちゃんという人は基本真っ直ぐで、だから感じることも発する言葉も、だいたいちゃんと真っ直ぐなのだ。

そんなストレートな物言いに、リサはちょっと虚を突かれたような顔をして、「トモ……」と小さく呟く。

私もトモちゃんに続いてみる。

「そうだよ、リサ。リサは、すごく頑張ってるよ。私なんて、専業主婦だったけど、子育て超大変だったもん。息子はずーっとのぼーっとしてるし、娘はエンドレス反抗期だし。でも、リサは普通にひとりで子ども育てて、その上仕事までって、ホントすご過ぎる。もう尊敬しかない」

キョンちゃんは海老ドリアをつつきながら、さりげない感じで付け足す。

「ていうか、私はアオちゃん、すごいと思ったけどな。始めて一年そこそことは思えないくらい、ギター上手だったし。あれはよっぽど練習したんだと思うよ？　それだけ頑張れるって、そうそう出来ることじゃないし。しかも思春期の頃なんてさ、自分の演奏なかなか恥ずかしくて人に見せらんないもんなのに、臆せずＳＮＳにあげたりして。色々言ってくる人もいるだろうに、コメントも丁寧に返してて。肝が据わってるっていうか、芯《しん》が強いっていうか、そういうとこリサに似てるなって、正直感心しちゃったよ」

ナオも続く。

「あの……。私は、結婚もしてないし、子どももいないから、よくわかんないっていうか……、大したことは言えないんだけど……」

ちょっと絞り出す感じで、なんとなく言葉を選びながら。

「でも、娘の立場なら、ちょっとわかるっていうか……。私、リサちゃんの娘たちって、すごくいいと思うの。自分の道を、自分で決めてたり、やりたいことを、ちゃんと主張出来てたり。それって、素晴らしい力だと思うんだよね。私、学生の頃なんて、ホント何も考えてなかったっていうか。親の言う通りにしてただけだったから……。だから、リサちゃんには、自信持って欲しい。リサちゃんは、そういう力を、娘さんたちに、しっかり与えてあげられてるんだから」

言い切るナオに、リサは鼻の頭を少し赤くさせながら弱々しく言う。

「そう……、かな？」

するとトモちゃんが、リサの肩をトンと叩《たた》く。

「そうに決まってんじゃん」

「そうだよ。リサは立派！」

「うん、娘ちゃんたちもちゃんと育ってる！」

「そうそう！　大丈夫！　全部うまくいってるって！」

そこまで言われたリサは、グッと唇を噛む。噛んで、天井を見あげ呼吸を整える。そうしてひとつ大きく息をついたのち、何かをのみ込むようにうんうんと頷き、

「ありがとう！　褒めてくれて！」

と短く叫んだ。

その言葉を合図に、私たちはテーブルをバンバンと控えめに叩きだす。

「いいよいいよ！　夜食会ってそういう会なんだから！」

「そうそう！　なる褒めなる褒め！」

「うん！　なる褒め最高！」

「ビバ！　なる褒め！」

なる褒め、というのは夜食会におけるプリンシプルだ。なるべく褒める、あるいは、なるべく褒め合う、の略語。

私たちは、褒められることに飢えている。40代って、そんなお年頃。

「まあ、そうよね。子どもには、よりよい人生をって思って、こっちの経験則であれこれ口出ししちゃうんだけど……。でも時代も違うしさ。こっちのものさしであれこれ言ってても仕方ない気もするんだよね。そもそも私だって、何が人生の正解だったのか、さーっぱりわかんないし」

紙ナプキンで目尻を押さえながら言うリサに、トモちゃんも笑いながら答える。

「それは私もだよ。人生の何をどう間違えて、速攻離婚のバツイチ独身になっててんのか、さっぱりだし」

キョンちゃんもそれに続く。

「私も。なんだかんだ、プロの演奏家になれる気がしてたんだけどなぁ。何がどうしてこうなってるんだか」

ナオも、パフェを口に運びつつ頷く。

「それ言うなら、結婚も同棲も離婚もしてない私だって、なんだかなー、だよ。仕事だって中途半端だしさぁ」

そんなナオの発言に、私たちはピタリと語りを止める。止めて、いっせいにナオのほうに顔を向ける。

顔を向けられたナオは、パフェに伸ばしていた手を止め、

「ん？　何？」

とキョトンとしながら首を傾げる。だから私たちは、まくしたててしまったのだった。だってナオの先の発言は、ちょっと看過出来ない。

「いやいやいや！」

「ナオ、全然中途半端じゃないじゃん！」

「ねえ？　仕事って貿易担当チーフでしょ？　十分立派！」

「そうそう！　それに私、ナオほど波乱万丈な職歴の人知らないからね？」

そんな私たちの言葉に、ナオは困惑したような、呆れたような表情を浮かべる。しょっちゅうこの話を蒸し返されるから、ナオとしてはもう飽き飽きなのかもしれない。


でも、私たちはお構いなしで話しだす。

「あれでしょ？　新卒で入った会社がひどいブラック企業で、そこで過労死寸前くらい働かされて」

「うん。こりゃヤバいって命からがら転職したら、早々に中国赴任を命じられて」

「それで中国行ったら、秒で会社が潰れちゃって。そのまま現地に置き去りにされたって！」

「なんかもう、ドラマみたいな話だよね。砂漠にひとりポツンってヤツ」

「で、そのあと中国を転々として、最終的に今の会社に現地採用されて——。中国語も覚束《おぼつか》ないまま工場で働きだした、と」

「そしたら、そこに赴任してきた日本人工場長に、なぜかずーっと中国語で話しかけられ続けて……。ねえ？　ナオ」

話を振られたナオは、肩をすくめながら仕方なさそうに答える。

「そう。こっちは日本語で返事してるのに、ヘンな人だなー、そんなに中国語が話したいのかなー、もしかして、中国語の特訓でもしてるつもりだったり？　とか色々考えてたんだけど。一緒に働いて二年目くらいで、ええっ!?　君、日本人なの～!?　って驚かれて」

何度も繰り返し、夜食会で披露されてきたこのエピソードは、私たちのお気に入りだ。そしていつもこの、ええっ!?　君、日本人なの～!?　のところで、みんな爆笑してしまう。

話自体にパンチが効いているのもあるけれど、ええっ!?　ではじまるナオの口調が、完全にサザエさんに出てくるマスオさんのそれで、おかしみが増すのだ。

「まあ、その人のおかげで日本に戻れて、今も何かと引きあげて貰えてるから、感謝はしてるんだけどさ」

苦笑いで話すナオに、私は言う。ここは大切なところなので、ちょっとばかり、強めに。

「いや！　きっと工場長は、ナオのこと見込んでそうしてくれたんだよ。だって普通出来ないもん。そんなふうに、誰も知らない土地で、言葉もロクに通じないなか、真面目に働き続けるなんて」

けれどナオは、私の言葉などまるで聞こえていない様子で、残り少なくなったヨーグルトパフェを、名残《なごり》惜しそうにスプーンですくいつつ、ちょっと自嘲《じちょう》気味に笑う。

「私、昔から要領悪かったからさ。就活も転職も、ホント躓《つまず》いてばっかだったんだよねぇ。まあ、今となってはいい思い出だけど」

そんなナオに、私は食いさがる。伝わっていなくても、やっぱりこういうことは、言わなきゃいけない気がするから、言っておく。

「いい思い出になったのは、ナオが頑張ったからだよ。私はそう思ってる。ナオは、親の言う通りじゃなく、自分の力で、自分の人生を切り開いた。自分の人生を、自分の力で取り戻して生き抜いたの。それって、本当にすごいことだと思う。ホント立派。友だちとして、私はナオが誇らしい」

もちろんナオには――、いや、トモちゃんにも、リサにもキョンちゃんにも、私の声は聞こえていないので、話はまた、別の方向に進んでしまうのだけれど。

「まあ、あの頃の就活なんて、だいたいみんな躓いてたけどね」

「確かに。就職氷河期のはじめ頃だったから、まだみんなちょっと無策だったしね」

「女子は特にキツかったよねぇ」

「会社に資料請求しても、女子には返事がないとかねぇ？」

「そうだった！　だから私、二百社近く資料請求するハメになったんだもん！」

「圧迫面接とかもひどくなかった？　あれ今ならアウトなヤツでしょ？」

「わかる。理不尽なクレームに耐えられるかどうかのチェックだったっていうけど。

私には、単なる面接官のストレス発散にしか思えなかった」

「実際、ストレス発散だったのかもよ？　バブルが弾けて不況になって、当時の大人も相当イラついてただろうし」

「えー？　じゃあ私たち、八つ当たりで圧迫されてたってこと？」

「そう。時代のサンドバッグにされてたの。そうして失われた三十年の間で、若者から中年になってしまったという」

「やだー、もう失われ過ぎー！」

「ホラー映画より怖いんですけどー！」

冗談めかしながら、でもちょっとだけ、胸のうちに残った忸怩《じくじ》たる思いを、それぞれそれとなく吐き出して、テーブルの上に残ったポテトやらパフェやらを、またパクつきはじめる。

「でも、まあ……。あの頃の未来が今なら、まだマシなほうかもねぇ」

「だねぇ。もっと悲惨になってた可能性もあるわけだし」

「うん。夜食会なんて開けてて、私たちまだ優雅なほうだよ」

「言えてる。喋る相手がいて、やりくりできる時間があるんだもん」

そんななか、ナオはみんなの言葉を噛みしめるようにして、口を開く。

「――そうだよねぇ」

自分自身の言葉も、噛みしめるようにして、小さく笑う。

「私も、あの頃の未来が今で、ホント運がよかったと思う」

ナオの言葉に、私は遠い昔のことを思い出す。私たちが、まだほんの子どもだった頃のこと。ランドセルを背負った、幼いナオの姿を。

あの頃のナオは、長い髪をいつも三つ編みにしていて、だいたい紺色のワンピースを着ていた。小柄で痩せてて、いつもピンと背筋を伸ばしている女の子。

優等生だって、周りのみんなからは言われてた。物静かで勉強が出来て、いつだって先生のお気に入りだったナオ。廊下ですれ違うと、私たちみたいな普通の子どもとは違う、特別な空気をまとっていて、私は何度か、ナオを振り返ってしまった記憶がある。

今思えば、あれはたぶん緊張感だった。小さなナオの背中には、どこか張り詰めたような、切実さがあった。

でも、当時の私は、それがなんだかわからないまま、ナオへの違和感を受け流してしまった。ナオは優等生だから、先生に気に入られているから、きっと私たちとは違うんだろうな、と単純に片づけてしまったのだ。

だけど、そういうことじゃなかった。

優等生だったナオは、高学年になって、みんなが黄色い帽子をかぶらなくなっても、いつまでも生真面目に、ひとりだけ帽子をかぶり続けていた。卒業するまで、もう、ずっとだ。

そのことについて、ナオは大人になってから、笑い話のようにして打ち明けてくれた。あれは、親の言いつけだったのだ、と。全部、そうだった。三つ編みもワンピースも、全部親の指示だった。もちろん、優等生であったことも。

ナオは、とても従順な娘だった。張り詰めたような緊張感を、いつも小さな体にまとわせているほどに、真摯《しんし》にひたすらに、親の意に従い続けていた。

そしてその打ち明け話で、私は思い出してしまったのだった。もうひとつの、違和感。あの頃のナオの顔には、時おり殴られたようなアザが出来ていた。当時は、殴られていただなんて、思いもしなかったけれど——。

私は言う。

「運じゃないよ。ナオは、頑張ったよ」

ナオは言う。

「私はラッキーだった。もう、それしかないよ」

中学にあがっても、ナオは相変わらずおとなしい優等生のままだった。友だちもあんまりいなかったんじゃないかな。休み時間は、ひとり机に向かっていたはずだ。

高校に入ってから、私が声をかけた時は、ちょっと怯《おび》えたような顔をしていたっけ。

私たちと打ち解けるまでに、時間がかかったことも覚えてる。笑う時でさえ、妙に申し訳なさそうな顔をしてたナオ。私なんかが、楽しんでいいのかなって、なんだかそんな顔だった。

でも、仲良くなってからは、私たちとの繋《つな》がりに、一番心を砕いてくれた。上京後も、何かにつけて、みんなに連絡を回してくれていたのはナオだったし、みんなのなかで、一番早くに結婚出産した私が、突然の姑《しゅうとめ》来訪や、急な子どもの体調不良なんかで、たまの集まりすらドタキャンするようになっていた頃も、ナオだけは後日連絡をくれて。私の都合に合わせて、うちに遊びに来てくれてた時期もあったんだよな。あれには、けっこう救われた。ワンオペ育児に、私もだいぶまいってたから。

あっという間に20代は過ぎていって、30代になって、それぞれの環境は、いよいよ変わっていってしまった。みんな揃って集まる、ということが全くなくなったのは、確かそのあたりからだ。空いた時間も、話すべき事柄も、まるで違うものになってしまっていたんだろうと思う。

もしかしたら会うことに、それぞれ引け目やわだかまりを、感じていた部分もあったのかもしれない。隣りの芝生は青く見える。諺《ことわざ》になるくらい昔から、人ってそんな感情に苛《さいな》まれてきたらしいから。

でもナオだけは、律儀に年賀状を送り続けてくれていた。中国にいたという、大変だったはずの時期でさえ。

そのおかげで、私たちはずっと繋がっていられたんだよね。もう、みんなで会うことなんて、きっとないだろうと思っていたのに。ナオの年賀状のおかげで、私の夫は、ナオに連絡することが出来て——。それで私たちは、五年前の再会を果たせたのだ。

最後のひと口と思《おぼ》しきヨーグルトパフェの、溶け残った白いアイスをスプーンですくって、ナオは小さく肩をすくめる。

「何より、人に恵まれたよ。この年で、こんなふうに、友だちと集まれる人生だなんて、昔は思ってもみなかったし」

そうしてパクリと、最後のアイスを口に含む。

ナオの言葉を受けて、リサもトモちゃんもキョンちゃんも、ふっとそれぞれ小さく笑う。残り少なくなった夜食に、手を伸ばしながら。

「それは、私もそうだよ」

「確かに。ビバ夜食会ってとこ、あるよね」

「わかる。楽しいもんね、なんだかんだ……」

そうしてみんなは、少しだけしんみりと口にする。

「……フキコの、おかげだよね」

「うん。あの子がきっかけで、再会出来たわけだし」

「もう五年も経つなんて、なんかウソみたいだけど……」

だから私も、しみじみ頷いてしまう。

「わかるー。だって当の私も、時々信じがたいもん。私のお葬式から、もう五年も経つだなんて――」

そう。五年前、私は天に召された。交通事故で、あっさりあっけなく。つまり、夫がナオにした連絡というのは、私の訃報《ふほう》だったというわけだ。

「みんなも事故には気をつけてね？　アレって思ってるより思いがけない上に、びっくりするくらい容赦《ようしゃ》ないからさー」

とはいえ、天に召された、という表現には、ちょっと語弊があるかもしれない。何せけっきょく、こうしてこちらに留まり続けているわけだから。

でもそれは、私だけのことじゃない。死んでみて初めて知ったのだけれど、私みたいな人ってあんがい多いようなのだ。このファミレスにだってちらほらいるし、別の場所でも普通に出くわす。死んだ後も、なぜかこちらに留まり続けている人たち。

ボーナスステージなんですかねぇ？　なんて、こっちの人間同士では、よく話したりしている。

なんていうか、死後のおまけ期間、みたいな？　ああ、なるほど。でも、私たちの姿や声が、向こうに届いてる感じはないから、あんまり意味ないのかなー、って私なんかは思っちゃうかも。確かに、我々が何をしたところで、向こうにはなんの影響も出ませんもんね。そういう意味では、無駄っちゃあ無駄な時間ですよね。まあ、余計と言えば、余計かもですねぇ。

うーん……。けど、ありがたいっちゃあ、ありがたくないですか？　ですです。確かになんも出来ないけど、遺してきた人たちの様子を見ることは出来るし。ねえ？　それってすごくラッキーって感じする。いやー、僕は全くだなぁ。見たい人も別にいないし。わかります。私は、見るのも辛いので……。あー……、まあ……。うん……、そこは……。人に、よりますよねぇ？　ええ、確かに！　何事も人によります！　うん、万事人による！

ちなみに私個人としては、このおまけの期間は、実にありがたい余剰時間となった。

おかげで、私亡きあとの、子どもたちの人生を見守ることが出来たし（ちなみに息子は無事社会人をやっていて、娘は無難に大学三年生。それぞれの暮らしぶりや人間関係、特に恋人については、母親としてまあ思うところも多々あるのだけれど。でも、ふたりも成人した大人なわけだし、親が口を出すのははばかられる、というか、現実問題口を出せない状況にあるので、甘んじて受け入れている)、時々田舎の両親の顔を見に行ったり（父と母は、どちらも喜寿目前で、すこぶる元気。最近は、グランドゴルフやフォークダンス、ボランティアのお弁当作り等々、忙しくやっている。夫婦仲は、特によくもないけど悪くもなくて、そういうのって、あんがい老後の一助になるんだなぁ、となんとなく思ったりもする)、こうやって友だちとの集まりに顔を出したり（実は、この夜食会の他にも、大学時代の友だちや、ママ友仲間との集まりにも参加している。大学のほうは、もうちょっと語らいが控えめで、ママ友のほうは、すべてにおいて過激で明け透け。でも、それぞれにそれぞれの面白さがある)、そんなことも出来ている。

トモちゃんが言う。

「でも私、正直まだ実感ないんだ。フキコがもういないだなんて」

リサが頷く。

「わかる。私も、フキコが夜食会にひょっこり顔出すような気がする時あるもん」

キョンちゃんが笑う。

「ていうか、もしかしたらフキちゃん、こっそり参加してるかもよ?」

ナオも、笑う。

「いや、こっそりっていうより、むしろ堂々と参加してるタイプじゃない？」

そんなみんなの言葉に、私は少し感心したような、嬉しいような心持ちになって、思わず顔をほころばせてしまう。やっぱりみんな、私のことわかってくれてるな。さすが、一番古い友だちだけある。なんて、しみじみ思ってしまう。

でも、そこから続いた会話については、私を全く理解していないもので、ちょっと——、いや、だいぶ呆気《あっけ》にとられてしまった。

言い出したのは、トモちゃんだった。

「けど、フキコのことだから、うちらのところに来る時間があったら、旦那さんのところに行くんじゃない？」

もう、全然わかってない。

続くキョンちゃんの発言も、全くのかん違い。

「ああ、そっか。フキちゃんって、旦那さんラブだったもんね」

リサの説明は、間違ってはいないけど、なんか腹立つ。

「あれでしょ？　旦那さんって、新卒で入った会社の先輩で、フキコがひと目惚《ぼ》れして猛アタックしたっていう」

トモちゃんの同意も、間違ってはいないんだけど、やっぱ腹立つ。

「そうそう！　フキコって、超面食いだったから。就活の面接の時に顔合わせて、そこでもう、好きー！　ってなったんだよね？」

でも、そう。悲しいかな、間違ってはいないのだ。今となっては、自分でも信じがたい話なのだけれど、確かに私は若い頃、そんな暴走をしてしまった。してしまって、結婚に至り、病める時も、健やかなる時も――、なんて誓いを立ててしまったのだ。今となっては、もうため息しか出ないのだけれど。

なのにみんなは、妙にしんみりと、甘い想像を膨らませていく。

「そんな好きになった人と結婚出来て、フキコも幸せだったよね」

「子どもにもすぐ恵まれてねぇ。ふたりとも、もう成人でしょ？」

「うん。フキちゃん生きてたら、そろそろ第二の人生って感じだったんだろうねぇ」

「旦那さんと旅行とか、色々楽しむ予定だったのかも」

「そうだねぇ。そういう人生が、あったのかもしれないねぇ……」

なんだかちょっと、いい話ふうに、私の人生をまとめようとしはじめる。

だから私は、全力で首を振ったのだった。

「いやいやいやいやいや！　ないないないない！　夫と楽しむ第二の人生なんて、絶対ないから！」

だって、言わずにはいられない。

「言っとくけどあの人、私のお葬式のあと、その日の晩のうちに、元カノにメールしてたからね？　あと、私の元ママ友とか、夫の会社の部下とか——、あ、もちろん女の部下ね？　そういう人たちに、今度会えませんか？　とか、耐えがたく寂しくて、とか、妻の死をいいだけダシにしちゃってさぁ！　あーっ！　思い出したら腹立ってきた！　しかも元ママ友のほうとは、昔なんかあったっぽいんだよね。子どもたちが小さかった頃、夫の様子があきらかにおかしい時期があったのよ。携帯肌身離さず持ってたり、携帯見てニヤついてたり、残業とか言って朝帰りしたり——。ああ、腹立つ！　死がふたりを分かつまでって誓ったクセに！　あの浮気者が！　やっぱ呪ってやればよかったかなー！　って言っても、やり方わかんないんだけどー！」

そんな私の叫びに、けれどみんなはもちろん気付かず、最後の注文をしようか、なんて話をはじめる。

「私、ミニプリンパフェ追加しよーっと」

「はい？　トモ、ダイエットは？」

「いいの！　ダイエットは明日から！」

「私はエスプレッソー」

「キョンちゃん、そんなの飲んで眠れるの？」

「眠れない！　てか更年期でずっと不眠気味」

「なのに飲んじゃうんだ……」

「飲みたいものを、私は飲むのさ」

「まあ、たまの夜食会だもん！　みんな、好きにしたらいいんだよ」

「じゃあ私も、あともう一杯ビール……」

「えー、じゃあ、私ホットチョコレート……」

余剰なカロリー。冗長なお喋り。不要不急の集まり。余計な時間。

でも、私たちには、たぶん必要なものなんだろう。

私は再び、みんなの話の流れに乗る。

「いいないいなー。私もビール飲みたーい」

まあ、死んでいるから、飲めるはずもないのだけれど。

「フキコがいたら、〆はビールとパフェだったんだろうねぇ」

「わあ！　さすがリサ、するどい！」

「フキちゃん、しんどい時は夜中のファミレスに駆け込んで、ビールと一番高いパフェ頼むのが、ストレス発散法だって言ってたもんね」

「ナオってば、私の話覚えてくれてるんだね」

「一番高いパフェってところがあの子らしいよね」

「えー、トモちゃん、それどういう意味ー？」

「案外ちゃっかりしてたもんね、フキちゃんって」

「えー、しんがーい。キョンちゃん、そんなふうに思ってたの？」

「ま、でも、フキコにも、しんどい時があったってことよねぇ」

「そりゃあったよー。子どものこととか夫のこととか、親のこととか義実家のこととかパート先のこととか……！」

真夜中のファミレスで、私たちは小さな魚のように、群れて寄り添い囁《ささや》き合う。ここでは嵐は起きないし、安心してたゆたっていられるから。

朝になれば、また別の場所で、それぞれの時間がはじまってしまう。だからここでは、ささやかながら笑って、食べて飲んで語らうのだ。喜びも悲しみも。死が私たちを分かった、そのあとでさえ。

「そりゃまあ、あるよねぇ」

「うん。あるある」

「みんな、色々あるもんねー」

「ねー」

「ねー」

だから私はこの場所が、好きなんだろうなと思う。

正しくないラーメン

近藤史恵

★

近藤史恵（こんどう・ふみえ）

1969年大阪府生まれ。93年『凍える島』で第4回鮎川哲也賞を受賞し、作家デビュー。2008年『サクリファイス』で第10回大藪春彦賞を受賞。著書に、「ビストロ・パ・マル」「旅に出るカフェ」などの各シリーズのほか、『アンハッピードックズ』『インフルエンス』『わたしの本の空白は』『みかんとひよどり』『夜の向こうの蛹たち』『幽霊絵師火狂　筆のみが知る』『ホテル・カイザリン』『山の上の家事学校』など多数。

風呂から出てきた亮太郎《りょうたろう》がリビングにきて尋ねた。

「秀美《ひでみ》ちゃん、まだ寝ないの？」

わたしはノートパソコンから顔を上げて答えた。

「明日、レシピを提出しなきゃいけないから、もうちょっと頑張る」

時計を見ると、まだ十時半だ。亮太郎は寝るのが早い。

今から寝て、朝六時半に起きる。ちょうど八時間の睡眠。健康的でいいことだと思う。最愛の夫には、健康で長生きしてもらいたいから。

わたしは十二時過ぎくらいまでは起きているつもりだ。もしかしたら、午前一時を過ぎるかもしれない。まだ仕事がある。

フリーランスの料理研究家、赤沢《あかざわ》秀美こと、通称ザワデミ。痩《や》せるレシピを載せていたSNSでフォロワーが増えて、去年一冊だけレシピ本を出した。まったく売れなかったわけではないが、増刷もかからず、二冊目の企画は今のところない。

最近は、美容雑誌でレシピの連載がひとつと、ときどき料理雑誌に声をかけてもらったり、食品メーカーのウェブサイトに載せるためのレシピを考えたりしている。

今は食品メーカーから依頼を受けて、フルーツ酢を使ったレシピをいくつか考えている。昼間試作したものを、文章にまとめているところだ。

（生クリーム50㎖だと、やっぱりダメ出しされるかなあ）

求められるのは、簡単でおいしくて、健康的で太らないレシピ。そして大事なのは、家にあるもので作れること。

間違っても、八角とか、腐乳とかを使ってはいけないし、生クリームなどは中途半端にあまらないようなレシピにしたい。

だが、ヨーグルトや牛乳で作ってみても、うまくいかなかった。生クリームの美味《おい》しさには敵わない。

明日牛乳と小麦粉とバターで、ホワイトソースのようなものを作ってみるか、だが、それだと手順はどうしても複雑になる。

わたしはダイニングテーブルに肘《ひじ》をついてためいきをついた。

（インスタントラーメンが食べたいなあ……）

特に韓国の袋麺《ふくろめん》、唐辛子で真っ赤になった熱々のスープに、葱《ねぎ》とニラ、それから卵を浮かべて、啜《すす》りたい。

前に食べたのは、いつだろう。記憶を掘り起こす。たぶん、半年前、亮太郎が出張に行ったときだ。

近いうちにまた出張に行ってくれないだろうか。そんなことまで考えてしまう。前は、昼食のときにときどき食べていたし、彼が飲み会で遅くなるときにも食べた。だが、新型コロナのせいで、彼の会社はリモートワークになり、飲み会はゼロになった。たまに出社することもあるが、そういうときに限って、家で試作しなければならないものがある。

せめてもっと広い家なら、こっそり夜中にひとりで作って食べることもできるだろうが、１ＬＤＫでは、匂いがあっという間に広がってしまう。

（マンションじゃなくて一戸建てに住みたいなあ）

それなら、彼が二階で寝ている間に、一階のキッチンでこっそり作って食べることだってできる。

リモートワークなら、別に東京二十三区内に住む必要なんてない。ちょっと不便な場所でも、一軒家に住めないだろうか。

そこまで考えて、わたしは少し笑った。インスタントラーメンのために、マイホームが欲しいなんて、ちょっと常軌《じょうき》を逸《いっ》している。

でも、もし、わたしがもっと料理研究家として売れることができたら、撮影用に広いキッチンが欲しいと言ってみてもいいかもしれない。それならおかしくないだろう。

お腹がぐうと鳴った。ラーメンのことを考えすぎたかもしれない。

わたしは牛乳をマグカップに入れて、レンジであたためた。それを飲みながら、スマートフォンで動画を見る。

韓国のきれいな女の子が、真っ赤なインスタントラーメンを大きなどんぶりで啜っている。キムチをラーメンにのせたり、一緒にキムパプを食べたりしていて、うらやましさに喉《のど》が鳴る。

わたしのブックマークは、こんな動画ばかりで埋められている。亮太郎も知らないし、わたしのSNSのフォロワーが知ったら驚くだろう。

痩せるヘルシーなレシピばかり発表しているザワデミの、ユーチューブの視聴履歴がこんなのばかりだなんて。

母は管理栄養士で、食と健康にはうるさい人だった。

食卓には、野菜を使ったおかずが何品も並んだし、おやつは手作りのものが多かった。蜂蜜《はちみつ》やきび砂糖を使った素朴なクッキー。わらび餅《もち》や、豆乳のホットケーキ。

もちろん、母の作った料理もおやつも大好きだし、わたしが健康に育ったのも、今、この仕事をしているのも、母のおかげだと思っている。

でも、わたしは知っているのだ。

母が「そんなものは食べちゃ駄目」と言っていたものが、どんなにおいしいか。友達の家で、おやつにもらった、チョコレートのついたクッキー。作り物めいた色のグミ、塩分と脂肪分たっぷりのポテトチップス。

どれも、うっとりするほどおいしかった。

大学に入ってからは、友達の部屋でカップラーメンや、インスタントラーメンの味を覚えた。辛いものにもハマって、激辛で有名な店のラーメンを並んで食べたりもした。

母には絶対に言えない、禁断の味。正しくない食べ物で、だからこそ、おいしい。家を出て、好きなときに、お菓子やインスタントラーメンが食べられるようになったことはうれしかった。

わかってる。正しくない食べ物は、たまに食べるからこそ、悪魔的においしいのだ。

普段はきちんと野菜をたくさん食べる。豆腐や鶏胸肉だってヘタな料理をしなければおいしいし、体重だって増えない。

魚、豆、雑穀、海藻。身体《からだ》によくておいしいものは、いくらでもある。

それに、普段、健康的な食生活をしているからこそ、たまに身体によくない食べ物だって楽しめるのだ。

肝臓や腎臓が悪くなったり、高血圧になったりしたら、インスタントラーメンどころではない。

そして、母に内緒の食べ物は、いつしか夫に内緒の食べ物になった。


亮太郎とは、結婚相談所で知り合った。

料理が趣味だと言うと、いきなり「秀美さんの手料理が食べたいです」とか言ってくる、不躾《ぶしつけ》な人も多かったけれど、彼は最初のメールからとても紳士的で、感じがよかった。

最初のデートは、お座敷の日本料理のお店で、はまぐりのしゃぶしゃぶを食べた。おいしかった。

これまで会った男性で、こんなに食のセンスがいい人ははじめてだ。

彼は和食のおいしい店をたくさん知っていた。特に海鮮が好きだという。蕎麦《そば》も好きで、ふたりでおいしいお蕎麦屋さんを開拓した。

趣味は読書とゲーム、どちらかというとインドア派だけど、旅行は好き。つきあって、半年ほど経った頃、ふたりで北海道旅行に行った。海鮮丼、ジンギスカン、毛ガニ、北海道の食を存分に楽しんだ、最終日だった。

わたしは彼に言った。

「ねえ、ラーメン食べない？」

彼は眉間に皺《しわ》を寄せた。

「うーん……。俺、胃が弱くてさあ。ラーメンはあんまり好きじゃないんだよね。食べたいなら、別行動して、秀美ちゃんだけ食べてきたら？」

なるほど、彼の和食好きは、胃が弱いせいだったのか。

そのとき、わたしはとっさにこう答えてしまった。

「いいの。わたしもそんなに好きじゃない。名物だから食べてみようかなと思っただけ。他にもおいしいものたくさんあるよね」

正しいものが好きな人の前で、正しくない食べ物が好きだなんて、言えるはずがない。


彼と結婚することに迷いはなかった。

これまでつきあった男性の中には、わたしが作る鶏胸肉と豆腐のつくねとか、雑穀を肉の代わりにしたミートソースなどに、顔をしかめる人がいた。カレー、それも日本式のどろっとしたルーのカレー、ハンバーグ、唐揚げ、トンカツのローテーションでいいと言い切った人もいた。

そんな人と結婚するのは正直、難しい。

彼は、わたしが作った料理を喜んで食べてくれる。和食が好きだけど、あっさりしたものなら洋食でも好みに合うらしい。

鶏のささみを少ない油で揚げ焼きにしたチキンカツを出したときは、「今まで揚げ物は苦手だったけど、秀美ちゃんの作るのはおいしいなあ」と目を輝かせた。

こんな人を逃すのは、あまりにも惜しい。

わたしも三十代半ばを過ぎ、以前よりは太りやすくなった。これを機会に、正しくない食べ物にはサヨナラを言ってもいい。もちろん、この先、一生食べられないわけではないだろうし。

なのに、結婚して五年、わたしは今にも息が詰まりそうなのだ。

外食で食べられるものなら、仕事の打ち合わせと称して出かけることができる。激辛のラーメンだって食べに行ける。

なのに、インスタントラーメンは外食では食べられない。韓国では、二十四時間営業で自分でインスタントラーメンを作って食べられるコンビニのような店があると聞いて、うらやましくてたまらなくなった。

どうしてうちの近所にはそんな店がないのだろう。友達と一緒に韓国旅行をするしかないのだろうか。

もしかすると、それがいちばん近道かもしれない。わたしはそんなことまで考えていた。

その日の夜も、彼がお風呂に入っている間、音を消して動画を見た。

わたしがチャンネル登録している、そのきれいな韓国人ユーチューバーは、真っ赤なインスタントラーメンに、餃子《ギョウザ》と餅を入れ、チーズをのせて食べていた。

なんてことだ、とわたしは息を呑《の》んだ。なんて邪悪で、そしておいしそうなのだろう。

絶対、これを食べたい。丁寧に作られた店のラーメンではなく、ケミカルな旨《うま》み成分がたっぷり入ってそうな、このインスタントラーメンが食べたいのだ。

わたしは食い入るように画面を眺めていた。韓国食材は、最近、近所のスーパーでも売られている。餃子も、韓国の餅のトックも買えるはずだ。

あまりに夢中で動画を見ていて、彼がリビングにやってきたことにも気づかなかった。

「秀美ちゃん」

いきなり声を掛けられて、わたしは飛び上がった。

「び、びっくりしたー」

彼はあはは、と笑った。

「ごめんごめん。そんなに夢中になって仕事してるとは思わなかった」

わたしは急いでユーチューブの画面を閉じた。いきなりパソコン画面をのぞき込むような人でなくてよかった。

「急で悪いんだけどさ。明日、出社になったんだ」

なんだそんなことか。わたしは胸をなで下ろした。同時に気づく。それなら明日の昼、さっきの餃子入りインスタントラーメンを作って食べられるのではないだろうか。

「うん、わかった。気をつけて行ってきてね」

彼はもともと早起きだし、いつもと変わらない。いつも朝ごはんの支度はしているけれど、たまにわたしが寝過ごしても、ひとりでトーストとコーヒーを用意し、それを食べて出かける人だ。

「それでさ、頼みがあるんだ。もし、無理ならいいんだけど……」

「なあに？」

「弁当が欲しいんだ。会社のまわり、あんまり口に合うランチの店がなくてさ」

「いいよ、もちろん」

そう言うと、亮太郎はぱっと笑顔になった。特にハンサムというわけではないかもしれないけれど、人好きのする笑顔で、わたしは彼の笑顔が好きだった。

「よかった。簡単なものでいいよ。秀美ちゃんの作るごはんはおいしいから楽しみだなあ」

「でも、買い物行ってないし、あるもので作るから適当だよ」

「いいよいいよ。なんなら玉子焼きとおにぎりとかでもいいし」

そういうわけにはいかない。有名でないとはいえ、料理研究家なのだ。亮太郎の会社の同僚に見られるかもしれないし、少しでもおいしそうな弁当を作らなければならない。

あるもので作れるメニューを考える。鶏胸肉の挽肉《ひきにく》を冷凍してあるから、あれをつくねにすればメインのおかずになる。あとは、今日の夕食に茹《ゆ》でたほうれん草を胡麻《ごま》和《あ》えにして、ほかになにか彩りのいいおかずを二品ほど。

自分の脳がフル回転するのがわかる。

にんじんがあるから、あれをツナと炒《いた》めれば、彩りのきれいなおかずになる。それと、玉子焼き。梅干しを混ぜ込んで梅風味にすると、卵色にほんのりピンクが混じって華やかだ。

自分が会社員として働いていたとき、よくお弁当は作っていたから、おかずのレパートリーはある。もちろん、せっかく作るのだから、SNSにも写真を載せたい。

今夜は急ぎの仕事もない。わたしはパソコンを閉じて、キッチンに立った。

お弁当箱を取り出して、それを白い紙の上に置いてえんぴつでまわりをなぞる。それからどのおかずをどこに置くか、想像して絵を描く。

こういうことをしていると、わくわくしてたまらない。やはり、わたしはなにより料理が好きなのだ。


結局、翌朝は、五時半に起きてしまった。

米はタイマーで炊くとしても、お弁当にごはんを入れるには冷まさないといけないし、白いごはんを詰めただけではあまり華やかではない。できればおにぎりを作りたかった。

わかめを入れたおにぎり。鶏胸肉の挽肉は、豆腐と混ぜて揚げ焼きにした。あっさりしたチキンナゲットは、揚げ物の苦手な亮太郎もいつも喜んでくれる。梅干しを叩《たた》いたのと、隠し味にちょっとマヨネーズを混ぜた玉子焼きも、きれいに焼けた。

ほうれん草だけだと少し地味な気がして、ブロッコリーも茹でた。作った料理をきれいに見えるように弁当箱に詰める。

いつもの時間に起きてきた亮太郎が、申し訳なさそうに言った。

「適当でよかったのに」

「ううん、わたしも楽しいからいいの。それに、後でちょっと休むし」

早起きしたから、朝ごはん用にキャベツとベーコンのスープも作ることができた。ベーコンは、脂の少ない肩ロースで作った自家製だ。市販のものより日持ちはしないが、小分けして冷凍しておけば、スープやポトフにも使える。

トースト、キャベツとベーコンのスープ、目玉焼きと茹でブロッコリー。いつもより、朝食も少し豪華にできて、満足だ。

だが、亮太郎が出勤してしまったあと、わたしはぼんやりと椅子《いす》に座り込んでしまった。

玉子焼き器は、卵三個できれいに焼ける大きさのものだから、お弁当に入れたのは三分の一くらいだ。お皿の上には三分の二が残っている。ブロッコリーも一個茹でてしまって、彩りにほんの少し使っただけだ。

鶏胸肉の挽肉も解凍してしまえば全部使い切る方がいいし、豆腐も中途半端な量を残したくない。チキンナゲットも、たくさんできてしまった。

健康的で見栄えもいい、満足できるお弁当はできた。でも、それ以上の料理がキッチンには残っている。そして、たぶん、明日、亮太郎は在宅勤務だから弁当は必要ない。

昼に食べたものと同じものを、夕食に出すわけにはいかない。

つまり、残ったものは、わたしが昼ごはんに食べるしかないのだ。

わたしは大きくためいきをついた。

餃子と餅を入れたインスタントラーメンを、わたしが食べられる日は、いったいいつやってくるのだろう。


亮太郎とつきあう前、一晩だけ遊んだ男がいた。

もう名前も覚えていない。友達の彼氏だった。

友達に紹介されて、一緒に飲んだ帰り、一度別れたのに、駅でばったり会った。

「あれ、秀美ちゃん、帰りこっち?」

「由佳《ゆか》はどうしたの?」

「明日早いって、もう帰ったよ」

彼とは同じ路線だった。彼の降りる駅が近づいてくると、彼は、わたしの腕をつかんで言った。

「ね、俺んちにラーメン食べにこない？」

なぜ、そんな話にのってしまったのかわからない。一夜限りの関係なんて、それ以外に持ったことはない。ただ、彼がとてもきれいな顔をしていて、その目に吸い込まれそうになったのだ。

ワンルームの散らかった部屋で、彼は金色のアルミの鍋でインスタントラーメンを作ってくれた。葱も卵も入らない、具無しのインスタントラーメン。ローテーブルの上に鍋敷き代わりの雑誌を置いて、ふたりで鍋から直接ラーメンを食べた。

彼は、唇に挟んで片手で割り箸《ばし》を割った。行儀が悪いと思ったのに、一方で、こんなに色っぽい男の仕草ははじめて見た気がした。

熱くて、辛くて、たとえようもなくおいしいラーメンだった。

「あっちぃ」

彼はそう言って、シャツを脱ぎ、タンクトップ一枚になった。名前も覚えていないのに、そのときの横顔や、腕のラインだけははっきり覚えている。

ただ、鮮烈《せんれつ》に、これからこの男に抱かれるのだと、実感したのだ。

狭いユニットバスでシャワーを浴びて、セックスをした。

抱かれながら、わたしは友達を、どうやってこの男と別れさせようかということばかり考えていた。

わたしが奪うためではない。彼が悪い男だからだ。わたしだって、こんな男とつきあうのは、まっぴら御免だ。

明け方、身支度をして、始発で帰った。連絡先も聞かなかったし、聞かれなかった。それでよかった。あのきれいな顔で縋《すが》られたら、連絡先を教えてしまったかもしれない。

わたしが画策するまでもなく、二週間後、彼と別れたという話を、友達から聞いた。

二股を掛けられていたらしい。それを聞いても、まったく驚かなかった。

お手軽なインスタントラーメンみたいな男。彼と再会したいとは思わないのに、それでもわたしは、過去に長くつきあった男よりも、彼のことをよく思い出すのだ。


その日の夜、わたしはなかなか寝付けなかった。

昼はお弁当の残りを食べた。夜は鮭をソテーにして、副菜に根菜の煮物、蕪《かぶ》と蕪の葉を使った味噌汁。どれもおいしくできた。

それなのに、わたしの頭の中には、あのインスタントラーメンがずっと存在している。餃子と餅を入れた熱くて辛くて、最高においしいはずのラーメン。

食べた過ぎて、あの、友達の彼氏の顔まで思い出してしまう。べこべこにへこんだアルミの鍋。向こう側が見えなくなるような湯気と、噎《む》せるような唐辛子の香り。

お腹がぐうと鳴った。亮太郎は隣で、気持ちよさそうな寝息を立てている。

昼間買い物に行って、韓国メーカーの冷凍水餃子も買ってあるし、インスタントラーメンも買って、シンクの下に隠している。

今食べたい。卵も入れて、ラーメンを半分くらい食べたところに黄身を割って、半熟の黄身にスープが絡んだところを食べるのだ。

我慢できない。わたしは音を立てずにベッドから出た。

キッチンに立ち鍋を出す。まずは冷凍餃子を茹でなければならない。お湯を沸かし、冷凍庫から餃子の袋を取り出す。

亮太郎が起きませんように、そう祈りながら、鍋の湯が沸くのを待った。

だが、寝室のドアが開く音がした。わたしはあわてて冷凍餃子を冷凍庫に突っ込んだ。

寝ぼけ顔で、亮太郎がキッチンにきた。

「秀美ちゃん、どうしたの？」

「ごめん、起こしちゃった？　急に新しいレシピのアイデアが浮かんで、試したくなっちゃって……」

ラーメンを作り始めていたら、言い訳できなかった。まだ作る前でよかった。

「明日にしたら？　仕事もいいけどあまり根を詰めないでほしいな」

「そうだよね。ごめん……」

「いや、ぼくはいいけど、こんな夜中に起きるなんて、秀美ちゃんが心配だよ」

「うん、ありがとう。もう寝る」

彼はなにも悪くない。それどころかとても優しい。なのに、わたしは今、彼のなにもかもが鬱陶《うっとう》しいと考えている。こんな自分が大嫌いだ。


たぶん、小学二年生くらいのとき、家に遊びにきた友達のユミちゃんにグミをもらった。

クマの形をした、外国製の可愛《かわい》いグミ。ママに見つかったら取り上げられてしまうから、わたしはその場で口に入れた。

母は台所にいるから、気づかれないはずだ。

なのに、そんなときに限って、母が部屋に入ってきた。手作りのクッキーが皿にのっている。

わたしは口を閉じて、なにも食べてないふりをした。ユミちゃんは、うちのことをあまり知らないから、普通にもぐもぐ口を動かしている。

母は優しい声でユミちゃんに尋ねた。

「ユミちゃん、なに食べてるの?」

「グミだよ!」

あろうことか、ユミちゃんはその袋を母に見せてしまった。急いで呑み込もうとしたときだった。

母が鬼のような形相でわたしを見た。

「秀美も食べてるの?」

「食べてない」

「そんなもの食べちゃいけないって言ったでしょ!」

「食べてないって……」

「じゃあ、口を開けなさい!」

母はわたしの顎《あご》をきつくつかんだ。

「さあ! 早く!」

涙に濡れた視界の端《はし》で、ユミちゃんが怯《おび》えたような顔をしていた。母の声がまた響く。

「早く口を開けなさい!」

翌日、わたしは一日ぼんやりとしていた。料理をしたいとも思わなかったが、とりあえず昼食には茸《きのこ》をたっぷり入れた和風パスタを作った。

一緒に昼食を食べていると、亮太郎が言った。

「秀美ちゃん、また眠れないいんじゃない?」

「え、どうして?」

「ほら、夜中にごそごそしてただろう。今日もなんかぼーっとしているみたいだし」

「そうかな。そんなことないよ」

「それならいいけど」

彼は結婚当初のことを言っているのだ。結婚して一年ほどで新型コロナのパンデミックがはじまった。当時、わたしが働いていたのは旅行会社だったから、仕事はなくなり、人員整理が行われた。残ったのはごくわずかな社員だけで、わたしも一方的に解雇された。

亮太郎が働いている会社も困難な時期が続き、わたしは不安で眠れなくなってしまった。

幸い、SNSでやっていた料理レシピが話題になって、料理研究家としてやっていく目標ができたり、亮太郎の会社も持ち直して、リストラされそうな気配もなくなったことで不眠は解消されたが、当時は病院で睡眠導入剤をもらっていた。はっとした。あれがまだ残っていたような気がする。

その日の夕食、わたしは副菜にキャベツとソーセージと卵の炒め物を作った。ウィンナーソーセージは、わたしがあまりレシピに使うことのない食材だが、亮太郎が好きなのだ。

特にこの炒め物は、簡単なのにいつも喜んでくれる。

今日も彼はおいしいおいしいと言って、その炒め物を食べてくれた。

罪の意識をごまかすために、わたしはいつもより朗らかに振る舞った。

ソーセージの中には、細かく砕いた睡眠導入剤が埋め込まれている。

亮太郎は食事を終えると、何度もあくびをして、風呂にも入らずに寝てしまった。

わたしはさっそくインスタントラーメンの準備を始めた。そのために、今日は夕食を控えめにしたのだ。

お湯を沸かして、冷凍餃子を入れ、インスタントラーメンの袋を開ける。日本製のものは最後に粉末スープを入れるが、これは最初から入れて、ラーメンと一緒に煮込むのだ。

　餅はさすがにお腹いっぱいになりそうで、次回にする。スープを入れた湯に麺を沈め、煮込んでいる間に葱を刻む。動画では韓国の人たちは、キムチと一緒に食べていたから、キムチも用意する。

　たまらない匂いが、キッチンに充満するが、亮太郎は起きてこない。

　二分経ったところで、卵を割り入れて、麺の下に沈める。卵黄が半熟で、でも流れ出さない程度の固さになれば最高だ。最後に葱ととろけるチーズを入れて、少しだけ蓋《ふた》をする。

　熱々のその鍋をテーブルに運んで、蓋を開けると、湯気と匂いが一気に広がる。

　わたしは割り箸を口に挟んで割った。とろけたチーズを麺と絡めて、啜り込む。熱くて噎せそうなほど辛いが、最高においしい。

　レンゲでスープを飲む。舌が痺れるほど辛いのがたまらない。

　餃子を箸で割って、レンゲにのせて、スープと一緒に口に運ぶ。相性は抜群だ。お腹から温まって、幸福なためいきが出た。

　次はキムチをのせて、麺を一口。なるほど、たしかにこれはよく合う。ラーメンが辛い分、キムチはむしろ甘く感じる。これを知ってしまったら、このラーメンを食べるときにキムチがないなんて考えられない。

食べ進んだところで、卵を割る。オレンジに近いような黄色がほんの少し流れ出した。これはこれで麺に絡めて食べられるから悪くない。

辛くて汗が噴き出す中、半熟の卵黄はまるで癒やしだ。うっとりするくらいおいしい。

前はスープを飲まないようにしていたが、たぶん、このラーメンを食べるのは半年ぶりくらいだから、別にかまわない。

チーズとキムチの旨みが溶け込んで、スープがますますおいしくなる。餃子の味も溶け出しているようだ。

夢中で食べ続け、スープまで飲み干した。コップの水をごくごくと飲み、大きく息を吐く。最高だった。明日は顔がむくむかもしれないが、知ったことではない。

動画では、残ったスープにごはんを入れて食べたりしていたが、さすがにそこまで健啖家《けんたんか》ではない。ラーメンと餃子でお腹はいっぱいだ。

寝室のドアに目をやるが、亮太郎が起きてくる気配はない。

椅子から立ち上がって、窓を開けて、空気を入れ換える。ラーメンの袋は細かく鋏で切って生ゴミと一緒にレジ袋にまとめて、外から見えないようにした。

証拠《しょうこ》を隠滅してしまうと、わたしはソファに座り込んだ。身体の芯《しん》まで幸福で満たされていた。

心から思う。正しくない食べ物は、なんておいしいんだろう。


翌朝、亮太郎はいつもの時間に起きてきた。

「なんかぐっすり寝ちゃったよ……なんでだろ」

睡眠導入剤は、わたしが医師から処方されていた量の半分しか使わなかったが、彼の体調が悪くなったらどうしようかと思っていた。なんともなさそうでほっとする。

「疲れてたのかも。頭とか痛くない？」

「いや、全然、むしろ爽快」

それを聞いて安心した。彼につらい思いをさせたいわけではない。

普段の日中は、彼は寝室に置いた机で仕事をして、わたしはダイニングテーブルで仕事をする。料理の試作などもあるから、それでちょうどいい。

昼前に、寝室から出てきた彼が言った。

「秀美ちゃん、今日、ごきげんだね」

「え、そう？」

「うん、鼻歌を歌っているの、ひさしぶりに聞いたよ。最近、元気がなかったから、心配してた」

どきりとした。わたしはあわてて笑顔を作った。

「そうかな。自分では全然気づかなかった」

「じゃあ、ぼくの考えすぎかな」

「そうだよ。きっと」

うっすらと掌《てのひら》が汗ばむのを感じながら、わたしはまた笑った。

なぜだろう。不貞ではないのに、不貞を働いているような気持ちになった。


それから、何度か、亮太郎に睡眠導入剤を使った。

そんなに頻繁にではない。二、三週間に一度、どうしてもインスタントラーメンが食べたくて仕方ないとき。なるべくその翌日、彼に予定がない日を選んだ。

そうやって食べるラーメンは禁断の味がして、なによりもおいしい。

いつか気づかれてしまう日がくるのだろうか。そのとき、彼はわたしに腹を立てるだろうか。離婚されてしまうかもしれない。

そう思いながらも、やめることができない。

それでも睡眠導入剤は少しずつ減っていく。

これがなくなったとき、わたしはどうするのだろう。


浅い眠りの中、なにかが焦げるような臭いがした。

なんなのだろう。そう思ったとき、いきなり警報が鳴った。

「火事です。火事です」

人工音声がそう繰り返す。わたしは飛び起きた。寝室はうっすらと煙で覆われていた。

いったいなにが燃えているのだろう。

混乱した頭で考える。コンロの火はちゃんと消したし、たとえ消し忘れても自動的に消火されるはずだ。亮太郎は喫煙者ではないが、リチウムイオンのバッテリーから出火するケースがあると聞いたことがある。

煙を軽く吸い込んでしまい、思わず咳き込んだ。警報はまだ鳴り続けている。

逃げなければ、わたしはパジャマの袖《そで》で口を塞ぎながら、隣の亮太郎を見た。

彼はぐっすり眠り込んでいた。

「起きて！　亮太郎、起きて！」

揺り起こすけれど、目を覚ましそうな様子はない。

その瞬間、気づいた。今夜、わたしは彼に睡眠導入剤を与えなかったか。

全身から汗が噴き出す。

「亮太郎！　亮太郎！」

煙がいっそう濃くなる。このままではわたしまで死んでしまう。

わたしはよろよろと立ち上がった。パジャマの袖で口を押さえながら寝室のドアを開ける。

炎が、部屋に広がり、なにもかも焼き尽くしていく。


「秀美ちゃん、秀美ちゃん」

亮太郎の声がした。わたしは目を開けた。

パジャマを着た亮太郎が心配そうな顔で、わたしをのぞき込んでいる。

勢いよく起き上がる。全身が汗だくだった。

「大丈夫？　秀美ちゃん、すごくうなされていたよ」

「怖い夢を見た……」

そう、最悪の夢。夢でよかった。本当によかった。涙がじわりと浮かぶ。

パジャマの袖で涙を拭《ぬぐ》った。亮太郎に尋ねる。

「今、何時？」

「えーと、午前二時……」

「お腹空いた！」

大声をあげたわたしに、彼は驚いた顔になる。

「ラーメン食べたい！」

「食べたらいいと思うけど……」

彼のその言葉に、涙がまたあふれてしまった。

「え？　泣くようなこと？」

わたしは涙を拭って、ベッドから降りた。キッチンに行き、鍋を火に掛ける。

今日は餃子とチーズは要らない。インスタントラーメンの味そのものを楽しみたい。でも、葱と卵とキムチは欲しい。

彼はいつの間にかリビングの入り口に立っていた。なぜか、にやにやしている。

「亮太郎も食べる？」

「俺はいいや。胃もたれするし」

湯を沸かしている間に、葱を刻む。沸騰した湯にスープとかやくを投入し、ラーメンを割って入れる。

亮太郎はまだ同じ場所にいて、わたしを見ている。

「なに？」

「いや……結婚して五年経っても、知らない一面があるんだな、と思って」

「失望した？」

失望されたってかまわない。さっき見た夢みたいなことになってしまうより、ずっといい。

「いや、めっちゃおもしろい」

彼から大阪弁のイントネーションが出た。子供の頃、大阪に住んでいたことは知っているが、はじめて聞いた。

卵を割って、鍋に流し込む。麺を上にのせて、火が通るようにする。四分くらいしたところで葱を入れて、火を消す。

本当は五分煮込むのだが、早めの方がわたしの好みだ。どうせ食べているうちに、火は通っていく。

鍋ごとダイニングテーブルに運び、麺を啜る。舌が火傷《やけど》するほど熱くて、そして噎せるほど辛い。最高だ。

ずるずる音を立てて啜って、スープも飲む。身体の芯に火が点《とも》るような気がした。

「おいしそうに食べるなあ」

亮太郎が笑っている。わたしも笑った。

「おいしいもん」

初出

標野凪「バター多めチーズ入りふわふわスクランブルエッグ」……『季刊アスタ』ｖｏｌ．９
冬森灯「ひめくり小鍋」……『季刊アスタ』ｖｏｌ．９
友井羊「深夜に二人で背脂ラーメンを」……WEB asta ２０２４年６月
八木沢里志「ペンション・ワケアッテの夜食」……『季刊アスタ』ｖｏｌ．９
大沼紀子「夜の言い分。」……WEB asta ２０２４年６月
近藤史恵「正しくないラーメン」……WEB asta ２０２４年６月

眠れぬ夜のご褒美

標野凪　冬森灯　友井羊
八木沢里志　大沼紀子　近藤史恵

2024年7月 5 日　第1刷発行
2024年8月14日　第3刷

発行者　加藤裕樹
発行所　株式会社ポプラ社
〒141-8210　東京都品川区西五反田3-5-8
JR目黒MARCビル12階
ホームページ　www.poplar.co.jp
フォーマットデザイン　bookwall
組版・校正　株式会社鷗来堂
印刷・製本　中央精版印刷株式会社

N.D.C.913/262p/15cm　ISBN978-4-591-18226-0

P8101494

ポプラ文庫好評既刊

本のない、絵本屋クッタラ
おいしいスープ、置いてます。

標野凪

札幌にある『本のない、絵本屋クッタラ』は店主・広田奏と共同経営の八木が切り盛りする本屋兼カフェ。メニューは季節のスープセットとコーヒーのみだが、育児に悩んだり、自分の今の立ち位置に迷った客が今日もやってくる。名の通り店に本はないが、奏は客の話に耳を傾けると、後日悩みに寄り添う絵本をそっと差し出す。それは時に温かく、時に一読しただけではわからない秘密をもっていて……。

ポプラ文庫好評既刊

うしろむき夕食店

冬森灯

不思議な動物とおいしそうな香りに誘われてレトロな洋館を見つけたら、そこが「うしろむき夕食店」だ。〈うしろむき〉なんて名前だけど、出てくる料理とお酒は絶品揃い。きりりと白髪をまとめた女将の志満さんと、不幸体質の希乃香さんが、名物の「料理おみくじ」片手に迎えてくれる。今宵の食事も人生も、いろいろ迷って落ち込むこともある。そんなあなたの心を優しくほどいてくれる物語。

ポプラ文庫好評既刊

真夜中のパン屋さん
午前0時のレシピ

大沼紀子

謎多き笑顔のオーナー・暮林と、口の悪いイケメンパン職人・弘基が働くこの店には、パンの香りに誘われて、なぜか珍客ばかりが訪れる。家庭の事情により親元を離れ、「ブランジェリークレバヤシ」の2階に居候することになった女子高生・希実は、〝焼きたてパン万引き事件〟に端を発した失踪騒動へと巻き込まれていく……。ほろ苦さと甘酸っぱさが心に満ちる、大人気シリーズ第1弾！

ポプラ文庫好評既刊

アンハッピードッグズ

近藤史恵

幼稚園からの知り合いである真緒と岳は、パリで犬の弁慶と共に同棲している。恋人のような、ただの腐れ縁のような関係の二人。ある日、岳は空港で置き引きにあって困っていた日本人のカップルを連れてアパートへ帰ってくる。パスポートが再発行されるまで、と二人をしばらくの間部屋に泊めることにした真緒と岳。奇妙な同居生活は、ある偶然のいたずらを境にして、四人の関係を微妙に歪ませてゆく……。

ものがたり洋菓子店 月と私
ひとさじの魔法

野村美月

仕事も恋愛もぱっとしない岡野七子がたどり着いた、住宅街の洋菓子店「月と私」。そこには、お菓子にまつわる魅力的なエッセンスを引き出して、物語としてお客に届ける「ストーリーテラー」がいた——。さまざまな悩みを抱えてお店を訪れた人たちは、ストーリーテラーの語る物語と、内気だけれど腕利きのシェフが作る極上のお菓子に心解きほぐされていく。心を甘くやさしくときめきで包み込む連作短編集。

ポプラ文庫好評既刊

ぐるぐる、和菓子

太田忠司

ランチの煮魚を食べながら、その作り方を科学的に検証してしまうほどの理系大学生の涼太。変わり者の彼が出会ったのは、あまりに美しい和菓子だった。そのおいしさにも魅せられた涼太は、大学院に進まず和菓子職人になることを決意して製菓専門学校へ。個性豊かな仲間とともに和菓子作りにのめり込むが、餡子ひとつとっても一筋縄ではいかず——和菓子の魅力あふれる、心においしい物語。　〈解説・坂木司〉

スイート・ホーム

原田マハ

香田陽皆は、雑貨店に勤める引っ込み思案な28歳。地元で愛される小さな洋菓子店「スイート・ホーム」を営む、腕利きだけれど不器用なパティシエの父、明るい「看板娘」の母、華やかで積極的な性格の妹との4人暮らしだ。ある男性に恋心を抱いている陽皆だが、なかなか想いを告げられず……。さりげない毎日に潜むたしかな幸せを掬い上げた、心にあたたかく染み入る珠玉の連作短編集。

ポプラ文庫好評既刊

初恋料理教室

藤野恵美

京都の路地に佇む大正時代の町屋長屋。どこか謎めいた老婦人が営む「男子限定」の料理教室には、恋に奥手な建築家の卵に性別不詳の大学生、昔気質の職人など、事情を抱える生徒が集う。人々との繋がりとおいしい料理が、心の空腹を温かく満たす連作短編集。特製レシピも収録！